KB273443

영원한

안녕은

없
어

Cet ouvrage a bénéficié du soutien des Programmes d'aide à la publication de l'Institut français.

이 책은 프랑스 해외문화진흥원의 출판번역지원프로그램의 도움을 받아 출간되었습니다.

On ne dit pas sayonara

by Antonio Carmona
Illustrations by Sibylle Delacroix
© Gallimard Jeunesse, 2023
Korean translation Copyright © Lesmots, 2025

영원한 안녕은 없어

On ne dit pas sayonara

앙토니오 카르모나 ✦ 이슬아 옮김

Antonio Carmona

레모

◎

이 글은 2022년 4월부터 9월까지 국립도서센터의 창작보조금을 지원 받아 대부분 일본 교토에서 쓰여졌습니다.

일러두기

*로 표시한 각주는 모두 원서의 주이다. 그 밖의 주는 모두 옮긴이의 주이다.

나에게 일본어 단어인 이치, 니, 산, 욘, 고를
처음 가르쳐 주신 어머니께

차례

1
퍼즐 상자와
정원의 무덤들

내 인생에서 가장 끔찍한 사건이 지나고 이틀째 되는 밤이었다.

우리 집 작은 정원의 잔디밭에서 아빠가 미친 사람처럼 삽을 휘두르며 질러대는 괴성이 2층 내 방에서 들렸다.

무섭기도 했지만, 조금 우스꽝스럽기도 했다. 평소 목소리가 꽤 저음인 아빠가 아름다운 벚나무 주변의 풀을 파헤치면서 고래고래 소리 지르고 욕을 하는데, 어찌나 고음이던지 화나고 슬픈 카스타피오레[1] 같았다….

그 순간 내가 안도했던 게 기억난다. 마침내 아빠가 다시 말

---

[1] '땡땡의 모험' 시리즈에 등장하는 이탈리아 출신 오페라 가수.

을 할 수 있게 된 것이다.

아빠는 나에게 그 일을 알리고 나서 꼬박 48시간 동안 한마디도 하지 않고 지냈다. 마치 엄마의 소식을 전해야 했던 몇 초가 너무 힘들어서 이틀 동안 아빠의 목이 나간 것만 같았다.

그래서 정원 한가운데서 잠옷 차림으로 소리 지르며 욕을 하는 아빠의 행동에 절망하기도 했지만… 안심이 되기도 한 것이다.

나는 속으로 '휴' 하고 **안도**하기까지 했다. 엄마의 죽음이 아빠에게서 말을 빼앗아 가지 않아서 다행이었다.

잠시 후 비명이 멈췄다. 아빠는 부드러운 땅 한 구석에 삽을 꽂아 놓고 집으로 들어갔다. 창밖으로 벚나무 주위에 생긴 큰 구멍 두 개가 보였다. 벚나무는 엄마가 이 집에 오면서 심은 것인데, 큰 무덤 두 개가 생긴 걸 보면 좋아하지 않았을 것 같다. 엄마는 그 나무를 정말 아꼈고, 아빠랑 번갈아 물을 주면서 행복해했으니까….

그때 아빠가 정원으로 다시 돌아왔다!

아빠는 엄마가 짧은 생애 동안 작곡한 악보를 양팔에 가득 들고 있었다. 아빠는 광기에 사로잡힌 듯 엄마의 악보를 구기고, 뜯고, 갈가리 찢어 첫 번째 무덤에 내던지고는 분노에 차서 비명을 질러댔다. 최고의 기량을 자랑하는 오페라 가수도 질투할 정도였다.

음표와 잉크로 빽빽한 엄마의 모든 악보가 처단됐고, 땅속에 묻혀 다시는 쓰이지 못할 것이다. 영원히 묻혀 버렸으니까!

아빠는 흐느끼며 집으로 들어갔다. 나는 엄마가 자기 악보들이 벚나무 밑에 묻혀서 화날 거라고, 지렁이나 쥐며느리와 같이 있어서 좋아하지 않을 거라고 생각했다. 무엇보다 그 악보들은… 엄마가… 그런데 아빠가 다시 나타났다!

이번에는 엄마가 녹음한 CD를 산더미만큼 들고 있었다. 물론 하나도 남김없이 두 번째 구멍에 던져 버렸다.

거사를 마친 뒤 아빠는 손을 바지에 닦고 기침을 하며 요란하게 훌쩍거리더니 "잘한 거야."라고 중얼거렸다.

아빠는 어둠 속에서 몇 초간 아무 말 없이 있다가 흙으로 두 무덤을 막은 뒤 뒤돌아서면서 고개를 들었다.

그때 2층 내 방 창가에서 아빠를 지켜보던 나와 눈이 마주쳤다.

바로 그 순간 나는 아빠의 눈에 무언가가 스며드는 것을 보았다.

아빠를 다른 사람으로 만들고, 수년간 우리를 괴롭힐 무언가가. 아빠의 홍채 안에서 살게 될 작은 뱀 크기의 어떤 존재.

그것이 무엇인지 정확히 알 수는 없지만, 그것은 아빠 안에 들어갔다.

아빠가 신경질적인 카스타피오레의 목소리가 아닌 원래의 낮은 목소리로 나를 불렀다.

"엘리즈?"

"아빠?"

어색한 침묵이 잠시 이어진 뒤 아빠가 조심스럽게 입을 뗐다.

"안 자니?"

아빠가 정원에서 무덤을 파는 걸 보고 어떻게 잘 수 있겠는가? 평소엔 낮은 목소리로 차분하게 말하는 아빠가 분노와 슬픔에 차서 날카로운 비명을 질러대는데 어떻게 잘 수 있겠는가? 나에게 남은 마지막 사람이 가장 끔찍한 비극적인 사건을 알리고는 48시간 동안 말을 잃었는데 어떻게 잠을 잘 수 있겠는가?

"올라갈게, 엘리즈, 잠깐 기다려."

아빠가 내 방으로 올라오는 동안, 나는 아빠가 확실히 말을 되찾은 것 같아 조금 더 안심했다. 하지만, 아빠 안에 들어간 그 존재 때문에 걱정이 되었다.

방에 들어선 아빠의 슬리퍼와 얼굴, 머리카락에 흙이 묻어 있었다. 손에는 상자 하나가 들려 있었다.

"이건 네 거야… 이건… 네 엄마가… 엄마가… 너한테 주려고 했던 거야…."

아빠는 말을 멈췄다. 눈물이 한 방울 떨어지며 아빠의 뺨에 작은 진흙 자국을 남겼다.

나는 진흙 자국을 바라보다가 상자를 받았다.

100조각 퍼즐로 상자 뚜껑에 흰동가리들이 그려져 있었다.

"고마워."

그리고 나는 입을 다물었다.

우리는 무엇을 해야 할지 몰라 퍼즐 상자만 보았다. 결국 내가 입을 열었다.

"아빠, 엄마의 악보랑 CD를 왜 버렸어…?"

"그 얘기는 하지 말자, 엘리즈."

너무나 생기 없는 목소리로 엄하게 말해서 아빠가 아닌 것 같았다. 마치 아빠의 눈 속에 있는 그 존재가 말한 것 같았다.

나는 이제 그것이 아빠의 오른쪽 눈꺼풀 아래, 한때 다정했던 눈동자 뒤에 깊이 숨어서 아빠를 사로잡고 말았다는 확신이 들었다.

겁이 났다. 그래서 대답했다.

"응, 아빠."

"좋아, 우리 딸. 이제 자렴."

아빠는 나를 안아 주었다. 몸이 굳어 있었지만, 여전히 아빠가 나를 사랑한다는 게 느껴졌다. 나는 아빠가 주는 만큼의 사랑을 받아들였다.

　그런 다음 아빠는 내 손에는 100조각 퍼즐 상자를, 내 머릿속에는 십억 개의 질문을 남겨둔 채 방에서 나갔다.

　영원히 엄마의 마지막 선물로 남게 될 상자를 든 채로 나는 말로 표현할 수 없는 사실을 분명하게 깨달았다. 바로 내 세상이 온통 산산조각 나 버렸다는 것이다.

　그날 밤 나는 그 상자 속 퍼즐을 매일 맞추겠다고 나 자신과 약속했다.

2
여덟 살 때부터
시작된 규칙

우리의 세상이 끝난 지 열흘쯤 지나서 나는 아빠에게 꼭 다시 물어보고 싶은 게 있었다.

그때는 4년 전이었고, 나는 여덟 살이었다.

사실 그건 **그냥** 단순한 질문이 아니었다. 엄마가 돌아가신 뒤로 끊임없이 내 주변을 맴돌던 단 하나의 질문이었다.

어릴 때부터 내 머릿속에는 언제나 수많은 질문으로 가득했다. 엄마는 살아 계실 때, 질문을 안에 두기보다는 바깥으로 꺼내는 게 좋다고 자주 말했었다.

그래서 예전에 그랬던 것처럼, **그 질문**을 꺼냈다. 아침 식사로 먹기 위해 핫초코를 젓고 있는 아빠에게 불쑥 물었다.

그리고 **그 질문**으로 모든 게 무너졌다.

아빠는 울기 직전이었는데, 아빠의 눈물 버튼인 '엄마'라는 말이 아빠의 눈 속에 있던 그 존재를 깨워 버렸다.

그 존재는 눈 깜짝할 사이에 아빠를 덮쳐서 피부 겉에 화강암 같은 초강력 갑옷을 씌웠다. 그 갑옷은 얼어붙은 바위처럼 아빠를 세상과 단절시켰다. 그런 일은 처음이었지만, 또 생길 것만 같았다.

나는 그 갑옷이 아빠를 삼키는 모습을 보았다. 두 눈에서 생기가 사라지더니 아빠는 더 이상 우유를 젓지 않았다. 갑옷은 아빠를 매우 세게 압박해서 숨을 쉴 수 없게 만들었다. 냄비 안에서는 우유가 계속 끓었다. 아빠는 몸을 버둥거리면서도 숨을 쉬기 위해 억눌렀던 감정을 드러내며 끙끙거렸지만, 그 존재는 너무나 강력했다. 갑자기 바람이 불어와서 부엌의 덧문을 세차게 흔들었다. 나는 그것이 엄마가 나에게 보낸 신호라고 생각했다. 아빠를 되돌려 놓으라고, 아빠까지 잃어서는 안 되며, 지금 당장 행동해야 한다고 말이다. 그래서 나도 모르게 외쳤다.

"우유가 넘치잖아!"

아빠는 가스 불을 끄고 크게 심호흡을 한 뒤 나를 돌아보았다. 원래의 모습으로 돌아와 있었다.

아빠는 아무 말 없이 내 그릇에 우유를 따랐다.

그리고 충혈된 눈으로 식탁에 앉았다. 우리는 어두운 부엌에서 아침을 꾸역꾸역 먹었다. 몇 분 동안 아무 말이 없던 아빠가 결국 우리 삶의 첫 번째 규칙이 될 말을 꺼냈다.

"엘리즈, 다시는 그 질문을 하지 않았으면 해. 이건 규칙이야, 알겠지? 그 얘기를 하기로 결정할 때까지 그 질문은 하지 않는 거야. 약속할 수 있지?"

나는 아빠가 무너지는 걸 원하지 않았다. 우유를 넘치게 하고 싶지도 않았다.

그래서 약속했다.

그 얘기를 하기로 결정할 때까지 **그 질문**을 안 하기로 약속했다.

그 약속을 지킨 지 4년이 되었다.

그 후로 아빠는 많은 규칙을 만들었다. 아빠를 지배한 그 존재가 아빠의 귀에 살며시 속삭였을 것이다. 이 규칙들의 목적은 단 하나, 엄마를 완전히 지워 버리는 것이다. 엄마를 우리 집과 우리의 기억에서 멀리 밀어내는 것이다. 엄마와 엄마가 태어난 나라, 일본까지도.

규칙 3: 일본어로 말하는 것 금지

규칙 4: 라멘, 스시, 교자, 새우튀김, 모찌 아이스크림 금지

규칙 5: 일본 만화책 및 애니메이션 금지

규칙 6: 현관에서 신발 벗기 금지

그런 규칙들은 계속 늘어났고, 점점 더 터무니없어졌다.

아빠는 지나쳤다… 아빠가 정도를 넘어섰다는 것을 알았지만, 그래도 내 아빠였다….

우리 집에 변함없이 남아 있는 일본적인 것이 하나 있는데, 그건 아빠 안의 존재도 금지하기에는 역부족이었다. 아빠가 사랑할 수밖에 없는 존재, 아빠의 눈 속에 도사린 뱀의 명령에도 저항하는 존재.

나.

반반 섞여 있는 나.

나는 이미 여덟 살 때도 엄마를 빼다 박은 모습이었다. 흔히 말하듯 완전 붕어빵이었다.

아빠는 프랑스인이고 엄마는 일본인인데, 둘이 섞여 나온 혼합물이 누구를 더 닮았나 보면 승자는 엄마였다.

나는 아빠가 그 존재에 지지 않도록 돕기 위해 내가 노력해야 한다는 것을 깨달았다.

진짜 프랑스인처럼 보이도록 최선을 다하는 것.

나에게서 엄마를 떠올리게 하는 모습을 감추기 위해 최선을 다하는 것.

내가 일본과 아무런 관련이 없는 순수 프랑스인이라고 믿게 만들어야 했다. 그건 오래 걸리겠지만, 해낼 거라고 나는 믿는다.

깜박하고 언급하지 않은 규칙이 하나 있는데, 바로 2번 규칙이다.

"피아노 방 출입 금지야… 있잖아, 엘리즈. 잠가 두는 게 더 나은 문도 있어. 어차피 나는 좋아한 적도 없는 악기야."

엄마의 죽음은 아빠를 대단한 거짓말쟁이로 만들었다. 특히 아빠는 자기 자신을 속이는 데 선수가 되어 버렸다. 왜냐하면 진짜 진실은, 늘 아빠가 가장 좋아하던 악기는 피아노였기 때문이다.

3

조율사와
피아니스트의 전설

전설에 따르면, 아빠와 엄마는 피아노 아래에서 처음으로 사랑을 나누었다고 한다.

아빠는 20대 초반에 교토로 여행을 갔다. 프랑스 청년이 지구 반대편으로 떠난 첫 여행이었다. 당시 아빠는 간절한 바람을 가슴에 품고 있었다. 바로 손오공과 베지터*의 대결을 형상화한 한정판 피규어를 일본의 전문 상점에서 찾겠다는 것이었다.

교토 북쪽에 살던 엄마는 먼 곳을 동경하며 수평선을 바라보던 동갑내기 피아니스트였다. 엄마는 자신이 태어난 이 섬나라

---

* 손오공과 베지터는 애니메이션으로도 제작된 만화 『드래곤볼』의 상징적인 캐릭터이다. 아빠의 생일에 같이 불러 주자며, 엄마는 나에게 시즌 1의 오프닝 노래를 일본어로 가르쳐 주었다. 당시 아빠는 선물보다 이 노래에 더 행복해했던 것 같다.

와 멀리 떨어진 곳에서 일 플로탕트²⁾를 먹는 것이 꿈이었다.

운명이 둘의 만남을 이끌었다. 아빠가 우연히 잡은 숙소에서 엄마의 방이 내려다보였던 것이다.

전설에 따르면, 엄마는 매일 아침 창문을 열어 놓고 피아노로 작곡을 했다. 엄마는 언젠가 미국 프로듀서가 교토에 잠시 들러 창밖으로 흘러나오는 멜로디에 매료되어 할리우드나 브로드웨이로 가는 편도 비행기표를 줄 것이라고 굳게 믿고 있었다.

안타깝게도 그날 엄마의 피아노 소리는 음이 맞지 않았다. 그것은 엄마 탓이 아니었다. (엄마가 음을 잘못 친 게 아니라는 점에 부모님 모두 동의했다). 문제는 피아노였다.

엄마는 피아노가 변덕스러운 악기라고 자주 말했다. 그해 여름, 약간의 더위와 습기, 반복적으로 눌린 같은 건반들 때문에 피아노는 제소리를 잃고 말았다.

전설에 따르면, 아빠가 창문을 연 그 순간에 갑자기 끔찍한 소리가 났다! 아빠는 손으로 귀를 막고 맞은편에서 들려오는 조율이 안 된 피아노 소리에 언짢아져서 인상을 찌푸렸다.

엄마는 자기 방 창문 너머로 낯선 남자의 찡그린 표정을 보았

---

2) 프랑스어로 '떠 있는 섬'을 뜻하며, 바닐라 커스터드 크림 위에 머랭을 얹은 프랑스 전통 디저트를 말한다.

다. 아빠의 일그러진 얼굴이 무섭도록 흉해서 엄마도 덩달아 얼굴을 찡그렸다. 우리 부모님은 찡그린 얼굴을 주고받으며 처음 눈을 마주친 것이다.

어색한 침묵이 흐르는 동안 엄마도, 아빠도, 피아노도 소리를 내지 않았다….

결국 엄마는 미국 프로듀서일지도 모르는 사람이 엄마가 그 불협화음을 냈다고 생각할까 봐, 침묵을 깨고 여름철 기온과 악기의 오래된 연식, 나무의 질 등을 탓하면서 온갖 해명과 기술적인 설명을 길게 했다. 물론 모든 말을 아주 격식을 갖춘 일본어로 했다.

당시 아는 일본어라고는 아리가토(고마워)와 곤니치와(안녕하세요)가 전부였기에 아빠는 무슨 말인지 모르겠다는 표시로 얼굴을 더 심하게 찡그렸다. 그리고 어설프고 서툰 영어로 가서 피아노를 고쳐주겠다고 제안했다. 얼마 전 피아노 조율사 자격증을 땄으며 엄마에게 몇 가지 도구와 조금의 시간만 있다면 손쉽게 문제를 해결할 수 있다고도 말했다.

엄마는 그 말이 영어라는 건 알았지만 전혀 이해하지 못했다. 하지만 미국 유명 프로듀서가 분명히 자신을 스카우트하러 온 거라 믿고, 아빠를 그의 조금 멍청하고 못생긴 젊은 조수라고 생각했다. 엄마는 기쁨에 겨워 땅이 흔들릴 정도로 크게 "예스,

아이 두!"라고 외쳤다.

전설에 따르면, 몇 분 뒤 아빠와 엄마는 피아노를 사이에 두고 만났다.

곧 그들은 서로에 대해 똑같이 실망했다. 아빠는 미국 제작자의 조수가 아니었고, 엄마는 조율할 도구를 갖고 있지 않았다.

그것은 엄마가 비행기 일등석이나 전용기를 타고 일본을 떠날 일은 없다는 의미였고, 아빠가 손쉽게 해결할 수 있는 일은 아니라는 뜻이었다.

피아노의 진절머리 나는 수리 과정을 일일이 설명하지는 않겠지만, 중요한 점은 엄마와 아빠가 처음 만난 그날 아침에 여러 번 웃었다는 것이다.

서로의 언어를 할 줄 몰라 어설픈 영어밖에 못 했기에 둘은 서로를 이해하기 위해 상상의 날개를 펼쳐야만 했다.

두 사람은 손짓을 하고, 작은 물건을 인형처럼 활용하고, 표정을 과장하고, 큰 소리로 의성어를 사용했다. 자신들도 모르는 사이에 동물원 같은, 다소 엉뚱한 분위기가 퍼졌다. 모든 것이 기뻤고, 놀이가 되었으며, 풀 수 없는 신비로운 수수께끼가 되었다… 물론 웃음도 있었다. 웃음은 전 세계 공통의 언어니까.

그 모든 동물적인 분위기 속에서 짜릿한 전율이 일었고, 조율이 끝난 뒤, 엄마와 아빠는 마치 말이 통하듯이 입이 포개지고, 옷이 바닥에 떨어지고, 둘 사이에 더 이상 어떤 경계도 없게 되었다.

전설에 따르면, 사랑을 나누고 아빠는 곧바로 조율이 제대로 되었는지 확인하기 위해 피아노를 연주하기 시작했다.

피아노 소리는 천상의 소리와 같았고, 누구도 얼굴을 찡그리지 않았다.

라단조의 화음을 들으며 엄마는 이 어리바리한 프랑스인의 얼굴이 꽤 괜찮다고 느꼈다. 아빠는 피아노 조율사들의 단골 레퍼토리인 치기 쉬운 곡을 연주했는데, 바로 《엘리제를 위하여》였다.

그리고 5년 뒤, 나 엘리즈가 태어났다.

그리고 8년 뒤, 엄마가 세상을 떠났고, 아빠는 엄마의 악보들을 정원에 묻었다.

그리고 4년 뒤, 나는 불과 여섯 시간 만에 1000조각 퍼즐을 맞출 수 있게 되었다. 어쩌면 이게 나의 전설이 될지도 모르겠다.

4
내 머릿속의
퍼즐

아빠가 오늘 새 퍼즐을 주었다.

일 년에 네다섯 번씩 대중없이 그런다.

아빠는 아무 말 없이, 특별한 예고도 하지 않고, 별다른 생색
도 내지 않고 거실 테이블 위에 새 퍼즐을 올려놓는다.

아빠는 그저 퍼즐이 나를 기쁘게 하고, 내가 퍼즐을 완성할
거라는 걸 안다.

엄마가 돌아가신 뒤로 내 방 벽에는 열세 개의 퍼즐이 걸려
있다.

최소 100조각 이상이고, 여러 번 맞추고 또 맞춘 다음 액자에
넣은 퍼즐들이다.

보통 한두 달은 한 가지 퍼즐에 집중하는데, 최대한 빠르게 맞추는 연습을 일주일에 여러 번 한다. 처음에는 상자 뚜껑의 그림을 보지만, 나중에는 보지 않고 맞춘다.

제법 만족스러운 기록이 나오면, 맞춘 퍼즐을 작업대 위에 펼쳐 놓고, 무작위로 대여섯 조각을 빼낸 다음 접착제와 니스를 바르고 마를 때까지 기다린다. 그리고 완성된 퍼즐을 액자에 끼워 창가에 놓는다.

밤에 아빠가 잘 자라고 말하러 내 방에 들어왔을 때, 새로운 퍼즐이 걸려 있으면 아빠는 무덤덤하게 칭찬한다.

"잘했네, 멋지다."

아빠는 늘 감정 없이 칭찬한다. 사실 아빠는 감정 없이 하루하루를 산다.

예전에 아빠의 눈에 가득했던 다정한 온기는 사라졌고, 그 존재가 아빠를 지배하게 되었다. 결국 그 존재는 눈에 보이지 않는 갑옷을 아빠에게 영구적으로 입히는 데 성공했다. 아빠가 나를 안아 줄 때, 아빠와 내 피부 사이에는 단단한 바위 같은 냉기만 느껴진다.

걸어 놓은 퍼즐에 조각이 몇 개 빠졌다는 걸 아빠는 전혀 눈치채지 못한다.

왜 그런지는 정확히 모르지만, 나는 아빠가 퍼즐 조각이 빠진 것을 알아차리기를 바란다. 나에게 퍼즐을 끝내지 않은 이유를 묻고, 빠진 조각이 어디로 갔는지, 내가 먹은 건 아닌지, 그렇다면 혹시 나에게 강박증이 있는 건 아닌지 걱정해 주기를 바란다.

나는 아빠에게 그 조각들을 침대 옆 테이블에 놓인 상자에 보관하며, 그 상자는 빠진 조각들을 담는 통이라고 말할 것이다.

어떤 퍼즐은 벽에 한 번도 걸지 않았다. 100조각 미만의 휴대용 퍼즐들은 속옷과 함께 서랍에 보관한다.

그것들은 공주나 벌새, 꽃다발처럼 그림이 마음에 들지 않는 퍼즐이다.

그리고 100조각짜리 흰동가리 퍼즐, 엄마가 준 퍼즐도 그중 하나다.

나는 엄마가 준 퍼즐을 소중히 간직하고 있다. 조각이 몇 개 빠진 채로 액자에 넣는 것은 스스로 금지하고 있다. 강박증이 사라지면 그때 벽에 걸 것이다.

나는 매일 흰동가리 퍼즐을 맞춘다. 무슨 일이 있어도 매일 맞춘다. 부담 없이, 기록을 생각하지 않고.

퍼즐 맞추는 법을 다 외웠지만, 절대 질리지 않는다. 명상 같다. 그 퍼즐을 맞출 때 나는 아무 생각이 들지 않지만, 어떻게 보면 엄마를 떠올리는지도 모르겠다….

불과 10분 만에 흰동가리 여섯 마리가 온전히 모습을 드러내고, 파스텔 블루의 바다 배경이 완전히 복원된다. 이제 모든 게 틀 안에 있다. 더는 생각할 것도, 따져볼 것도 없다. 엄마는 돌아가셨다. 그뿐이다.

그런 다음 나는 차분히 가장자리를 해체하고, 흰동가리와 바다를 다시 분해하고, 모든 걸 상자에 넣은 뒤 내 방 선반에 상자를 올려 둔다. 엄마의 마지막 선물만 두는 엄마 전용 선반이다.

어쨌든 아빠가 새 퍼즐을 선물했다.

마법의 도서관, 1000조각.

서로 다른 색과 형태의 책들이 소박한 나무 책장에 빽빽이 꽂힌 그림이다. 책들은 색깔별로 정리되어 있고, 책등에는 호박, 숲, 인형처럼 그 책의 내용을 암시하는 단서들이 보인다. 책장들 가운데 두 칸은 책등이 흑백인 책들만 있다. 흑백은 전체 그림에서 튀기 때문에 이 점을 미리 말해두는 게 중요하다. 반면 나머지는 전부 다 매우 다채롭다.

새 퍼즐을 맞출 때, 나는 항상 그림에서 이질적인 부분부터 시작한다. 그런 부분은 완성된 그림에서 쉽게 떼어낼 수 있는 기준점이 되고, 조각들을 작업대 위에 펼쳐 놓았을 때도 쉽게 눈에 띄기 때문이다.

식사를 마치고 12시 32분쯤 **마법의 도서관**을 열었다.

그림은 여덟 시간이 지나 저녁 8시 20분에 완성되었다.

파란색과 초록색 책들이 반복해서 꽂혀 있는 부분이 까다로웠다. 어떤 책들은 완전 비슷해 보였다. 조각들의 모양이 비슷한 게 많아서 머리를 더 써야 했다….

마법의 도서관 퍼즐을 해체했고, 모레 다시 더 열심히 맞춰 볼 것이다. 오늘은 여유를 부렸다.

저녁을 먹으러 부엌으로 내려갔을 때 오늘이 양파 타르트 먹는 날이란 것을 알았다.

5
양파 타르트

엄마가 돌아가신 뒤 얼마 되지 않아 양파 타르트가 우리 생활에 들어왔다.

아빠가 그 존재를 자각하기 전, 슬픔을 살아낼 공간이 필요했기에 양파 타르트가 우리 생활에 들어오게 된 것이다.

지금도 양파 타르트가 처음 들어온 그날이 기억난다. 10월의 어느 저녁, 나는 거실 소파에 굳은 채로 앉아 있는 아빠를 보았다. TV를 보거나 책을 읽지도 않고 앞만 멍하니 바라보고 있었다. 살아 있는 시체처럼.

나는 아빠가 움직이기를 한참 기다렸지만, 아무 일도 일어나지 않았다. 눈도 깜박이지 않은 채, 아빠는 어두운 생각에 사로

잡혀 정지된 이미지처럼 있었다.

그 모습이 나를 깊은 절망에 빠뜨렸다. 그 순간 느꼈던 감정이 생각난다. 나는 아무것도 하지 못하는 나 자신이 미웠다.

나는 아빠의 고통을 덜어 줄 수 있는 마법의 힘이 없는 나 자신이 미웠다.

나는 아빠의 아픔을 없앨 수 있는 강력한 말을 알지 못하는 나 자신이 미웠다.

나는 너무 일본인처럼 보이고, 엄마를 닮아서 의도치 않게 엄마를 생각나게 하는 나 자신이 미웠다.

나는 나 자신이 너무 미워서 결국 소리 죽여 울었다.

"아빠…."

아빠는 몸을 돌려 나를 보았지만, 그 눈은 나를 보지 않고 내 뒤를 바라보고 있었다.

"아빠 슬프지, 엄…."

아빠는 내 말을 끝까지 듣고 싶어하지 않았다. 아빠 안에 있는 그 존재가 그토록 큰 고통을 안겨 준 사람때문에 우는 걸 허락하지 않았다.

그래서 아빠는 빨갛게 충혈된 눈을 급히 문지르며 내 말을 끊었다. 아빠는 슬픔을 깊이 삼키고 애써 미소 지으며 말했다.

"아니, 걱정 마, 엘리즈. 난… 오늘 저녁 메뉴를 생각하고 있었어. 내가… 양파 타르트를 만들게.”

아빠는 로봇처럼 채소 바구니 쪽으로 가서 양파 두세 개를 집어 들고, 플라스틱 도마를 식탁에 올리고는 커다란 칼로 아빠의 고통을 얇게 썰기 시작했다.

양파를 썰던 아빠의 눈에서 눈물이 흘렀다. 양파는 사람을 울게 하니까.

그러자 아빠가 억지로 작은 웃음을 지으며 눈을 꽉 찡그렸다.

“아, 양파… 양파가… 양파 때문이라니까! 편하게 방에서 쉬고 있어. 다 되면 부를게.”

그게 우리 아빠였다.

그날 저녁 아빠는 보이지 않는 절대적인 규칙을 우리 가슴에 새겼다. 우리는 절대로 서로를 앞에 두고 엄마 때문에 울면 안 된다.

4년 뒤, 양파 타르트가 식탁에 점점 더 많이 올라왔다. 벽에 걸린 퍼즐보다 훨씬 더 많았다.

내가 **마법의 도서관**을 끝내고 부엌으로 내려갔을 때, 아빠는 짠 눈물로 범벅이 된 얼굴로 칼질을 멈추고 평소처럼 똑같은 연극을 보여 주었다.

“양파 타르트야….”

그러고는 가짜로 웃으며 어색하게 윙크를 했다.

나도 맞장구치듯 윙크를 했다. 정말로 눈이 따끔했다.

이렇게 윙크하면서 나는 무엇을 외면하는 걸까?

나는 무엇에 공모하는 걸까?

지금 이런 모습이 된 게 내 잘못일까? 몇 년 전에 내가 그 질문을 다시 꺼낼 용기를 냈다면, 인생이라는 우리의 연극은 달라졌을까? 내가 아빠를 바꿀 수 있을까? 어쩌면 오늘 저녁 양파 타르트를 먹으면서 나는….

"엘리즈, 식탁 차리렴!"

결국 나는 식탁을 치우고, 목구멍에 걸린 **그 질문**을 스펀지로 닦아내듯 밀어냈다. 왼쪽에 포크를, 오른쪽에 나이프를 놓고, 작고 하얀 냅킨으로 접시를 덮었다.

잠시 후 아빠와 함께 양파 타르트와 샐러드를 먹었다.

얄궂게도 아빠가 만든 양파 타르트는 정말 맛있었다. 줄기차게 양파 타르트를 만들던 아빠는 양파 타르트의 달인이 되었다.

우리는 정원 구석에서 죽어가는 벚나무를 바라보며 말없이 식사를 마쳤다. 아빠는 그 나무에 물을 주지 말라고 했다.

"규칙이야. 살아남을 나무라면 살아남겠지."

시들대로 시든 그 나무는 말라 죽기 직전이었지만 이따금 내리는 비 덕분에 살아 있었다.

결국 아빠와 나는 꽤 이른 시간에 이를 닦게 되었다. 욕실에서 아빠가 물었다.

"내일 학교 아홉 시까지니?"

"응. 아빠?"

"왜?

"치약이 떨어졌어. 이제 없어."

아빠는 곧장 방으로 가서 비닐봉지 안을 뒤져 같은 브랜드의 새 치약 두 개를 들고 왔다.

"여기."

아빠가 자랑스럽게 말했다.

"더는 없는 것 같아도 뭔가 남아 있는 법이지."

"고마워."

"이 집에는 부족한 게 없어. 우리 둘은 부족한 게 없어, 안 그래?"

아빠는 아무 일 없는 듯한 목소리로 말했지만 나는 알아차렸다.

중요한 것은 내가 그 말을 믿는다고 아빠가 생각하는 것이었다. 내 아빠니까. 그래서 나는 가짜로 미소를 지었다.

"우리는 부족한 게 없어, 아빠."

그리고 우리는 너무나 그리운 한 사람을 생각하며 조용히 이를 닦았다.

그리고 우리는 너무나 그리운 한 사람을 생각하며 조용히 이를 닦았다.

6
아주 아주 세련된 선들[3]

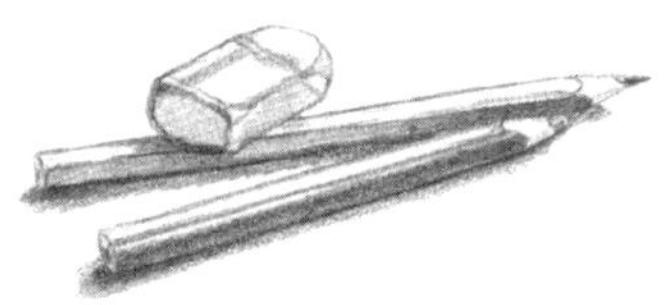

드드농 선생님이 아주 연극적으로, 마치 여왕처럼 미술실 문을 열었을 때 우리는 모두 제자리에 앉아 있었다.

선생님은 문턱을 넘지 않고 단호하게 말했다.

"선을 그려보세요, 아주 아주 세…."

불행히도 선생님이 너무 세게 문을 연 탓에, 문이 벽에 부딪힌 뒤 튕겨 나와 쾅 소리를 내며 선생님의 얼굴을 정통으로 치고 닫혀 버렸다. 그래서 선생님은 하던 말을 끝내지 못했다.

미술 선생님은 극적인 연출을 하려다 오히려 스스로 휘말려 버린 것이다. 킥킥대는 웃음이 몇 차례 터진 뒤에야 우리는 누

---

3) 원제에 사용된 단어 trait는 단수로는 '선'이라는 뜻이, 복수로는 '이목구비'나 '용모'라는 뜻이 있다. 제목은 복수(traits)를 사용하여 이중적인 의미를 강조했다.

가 선생님을 도와줘야 하나 말없이 서로 쳐다보았다.

그런데 그럴 필요가 없었다.

잠시 의례적인 침묵이 흐른 뒤, 드드농 선생님이 다시 위풍당당하게 교실 문을 열었는데, 이번에는 손잡이를 단단히 붙잡고 있었다. 그리고는 한껏 고조된 목소리로 외쳤다.

"선을 그려 보세요, 아주 아주 세련된 선을!"

선생님은 눈을 크게 뜨고 숨을 깊게 들이쉬며 콧구멍을 넓히더니, 잠시 망설이다가 한 손을 허리에 올렸다.

그리고 그 자세를 유지했다.

늘 그렇듯 중학교 2학년인 우리는 선생님의 과장된 모습에 어떻게 반응해야 할지 잘 몰랐다. 드드농 선생님은 늘 수업을 진행하기 전에 눈을 크게 뜨고 입술을 삐죽 내밀고는 우리의 반응을 기다리는 것 같았다. 잠시 분위기가 어색해졌고, 두세 명이 헛기침을 했다. 그때 스텔라가 망설이다가 어설프게 손뼉을 치자, 다른 학생들도 쭈뼛대며 같이 손뼉을 쳤다.

그 덕에 드드농 선생님이 자세를 풀고 칠판 쪽으로 다가가며 말했다.

"그래요, 선을 그려 보세요."

선생님은 눈을 감고 엄지와 검지에 맞댄 채, 허공에 가상의 수직선을 그렸다. 아주 천천히, 거의 1분 동안 그렸다.

"하지만 아주 아주 세련되게."

그런 다음 선생님은 눈을 떴고, 손가락으로 우아한 곡선을 그렸다. 토끼를 사라지게 하는 조금 요염한 마술사처럼 입술 끝으로 "수리수리마수리."라고 속삭이고는 엄숙하게 선언했다.

"이게 개학 후 첫 번째 평가입니다!"

한 학생이 평가하기에는 너무 이르며, 핼러윈 방학에서 이제 막 돌아왔으니 호박 속을 파는 걸로 하자고 말했다. 이 밖에도 여러 아이들이 항의했지만, 드드농 선생님은 손가락을 입술에 갖다대고 "쉿…." 하더니, 오른쪽에 있던 난방기를 바라보다가 걱정스러운 표정으로 악마 같은 학생들에게 작게 말했다.

"한 시간도 채 남지 않았어요."

그래서 우리는 마지못해 그림을 그리기 시작했다.

솔직히 말해서 나는 퍼즐은 잘하지만 미술에는 전혀 소질이 없다. 작년에도 간신히 평균을 넘겼다. 드드농 선생님은 작은 지방에 있는 우리 중학교의 유일한 미술 선생님으로, 전교생이 선생님의 엉뚱한 행동과 알쏭달쏭한 수업을 견뎌야 했다…. 그 말은 선생님과 함께할 시간이 아직 3년이나 남았다는 뜻이다.[4]

맙소사, 앞으로 또 어떤 일이 벌어질까? 나는 잡생각을 떨쳐

---

[4] 프랑스의 학제는 초등 5년, 중등 4년, 고등 3년 과정이다.

버리고 아주 세련된 나의 선에 집중하려고 했지만, 아무것도 떠오르지 않았다.

과제 제목이 계속 머릿속을 맴돌았고, 하얀 종이를 앞에 두고 '아주 아주 아주 아주 아주 아주'를 되뇌다가 나 자신에 대해… 나를 이루는 선들에 대해 생각하게 되었다.

아주 아주 새까만 머리카락, 아주 아주 길게 찢어진 눈, 마치 2D 비디오 게임에서 나온 듯한 평면적인 얼굴… 이런 게 세련된 것일까?

여덟 살 때보다 열두 살이 된 지금 더더욱 엄마를 닮은 얼굴이 세련된 걸까? 거울을 볼 때마다 너무나 쉽게 엄마 모습이 떠오르는 게? 내 삶은 세련된 걸까? 운동장에서 친구들이 일본어를 해 보라고 하면, 나는 일본어를 까먹었다고, 나는 프랑스 사람이고, 일본이 아니라 여기서 태어났다고, 나는 일본을 싫어하고, 절대 가지 않을 거라고 우기는 게….

"그게 바로 세련된 거지, 티보, 아주 아주 세련됐어!"

멀리서 드드농 선생님이 교실을 돌아다니며 학생들의 작품에 한마디씩 평을 하는 소리가 들렸다.

"스타니슬라스, 네가 그린 선은 아주 아주는 아니고, 그럭저럭 괜찮은 정도야…."

자, 이제 나도 그려야겠다. 종이, 연필, 펜, 사인펜. 나는 선을 그었다. 검은 연필로 아주 선명하고 두껍게 그었다. 흰 종이를 가로지르는 대각선. 그게 다였다.

그다음에 가운데를 지우개로 지웠더니 이제 두 개의 선이 생겼다. 선이 두 개 있으니까 아주 아주 멋지지 않나? 안 그런가? 아래쪽 선에 줄을 긋고 지운 다음 빨강과 검정, 회색으로 덧칠했다. 나는 그 선을 지우고, 망가뜨리고, 묻어 버렸다. 심지어 빨간색 원과 상자를 그린 다음, 상자 안에 선을 그려 넣고, 선이 어디에 있는지 알 수 있도록 화살표로 표시했다.

이제 위쪽 선이 남았다.

나는 그 선을 정성 들여 다듬었다. 그럴듯하게, 부드럽고, 순하게 만들고, 색을 입히고, 웃고 있는 해피 스마일리를 그려 넣었다. 필통 바닥에 남아 있던 반짝이를 뿌렸더니, 내 작품에 딱 맞게 붙었다.

종이 울렸다. 나는 뒷면에 이름을 적었다. 마지막으로 내 작품을 봤는데… 솔직히, 내가 없애고 싶었던 선만 보이는 것 같았다. 프랑스어 선생님이 말한 것처럼 화면을 뚫고 나올 기세였다…. 나는 그 선이 아주 세련된 것인지 확신할 수 없었다.

어쩔 수 없지.

나는 내 그림을 드드농 선생님께 제출하고 인사한 뒤 다음 수업으로 향했다.

7
스텔라와
사스케

아빠는 내가 월요일마다 스텔라와 같이 있을 때 규칙을 어기는 걸 모른다.

우리는 스텔라의 컴퓨터로 《나루토》를 보면서 월요일 오후를 보낸다.

지난 9월 친구가 된 뒤로 정한 우리만의 의식이다.

월요일마다 오후 2시 30분에 학교가 끝나서 아빠는 집에 혼자 있지 말고 친구와 시간을 보내라고 했다. 퍼즐만 붙들고 있지 말고 조금 바꿔 보라고도 말했다. 아빠의 말이 맞았다.

나는 초등학교 마지막 두 학년 동안 친구들을 멀리했다. 중학생이 되어서도 새로운 친구를 만들려고 하지 않았다. 누구와도 관계를 맺고 싶지 않았다.

보이지 않는 갑옷을 두른 아빠가 이런 나를 걱정한다는 걸 알기에, 나는 사귈 만한 친구를 고르기 위해 우리 반 아이들 한 명 한 명을 신중하게 분석했다.

결국 스텔라를 선택했다.

스텔라는 좀 이상해 보였지만, 난 이상한 사람들과 같이 있으면 편안했다. 엄마는 살면서 착한 사람들과 어울려야 한다고 말했는데, 스텔라는 착해 보이기도 했다. 드드농 선생님 수업 첫 시간에 스텔라가 자기 가방 뒷주머니에 흰동가리를 그렸었다. 나는 그걸 어떤 신호처럼 받아들였다.

내가 매주 월요일 오후를 함께 보내자고 제안하자 스텔라는 엄청나게 기뻐했다. 안타깝게도 스텔라에게도 친구가 전혀 없었는데, 나와 달리 그 애는 그것 때문에 무척 괴로워하는 것 같았다. 스텔라는 나를 하늘에서 떨어진 천사처럼 반겨 주었다.

"아, 그래, 같이 놀자! 넌 일본 사람이니까 내 컴퓨터로 일본 애니메이션을 보면 되잖아!"

"난 일본 사람이 아니야."

내가 조금 시큰둥하게 답했다.

"아."

스텔라는 실망하지도, 놀라지도 않은 채 살짝 미소 지으며 입을 대문자 A 모양으로 열었다. 이상했다… 스텔라는 내가 대화를 이어가기 위해 나의 출신에 관해 말할 거라고 예상한 것 같지만, 나는 조용히 있었다. 스텔라에게 아주 아주 세련된 내 선들에 관해서는 이야기하지 않을 것이다.

스텔라는 내가 그 말을 꺼내지 않을 것을 깨닫고, 미소 짓던 대문자 A 모양을 깨뜨리고 말을 이었다.

"어쨌든 나는 만화를 좋아해. 어젯밤부터 《나루토》를 보기 시작했어. 우리 집은 학교에서 진짜, 진짜, 진짜 가까운데(스텔라는 내가 멀면 가지 않을까 봐 '진짜'를 여러 번 강조했다), 원하면 우리 집에서 같이 봐도 돼. 네가 무슨 이야기인지 모를 수도 있으니 처음부터 다시 봐도 괜찮고."

스텔라는 거의 숨도 쉬지 않고 한번에 말했다. 말을 마치자마자 스텔라의 입 모양이 좀 전의 대문자 A로 돌아갔다.

이상한 아이였다.

스텔라의 눈빛에서 절박한 무언가가 느껴졌다. 폭포처럼 넘치는 열정 뒤에 거대한 슬픔의 물결 속에서 외로워 허우적대는 모습을 감추고 있었다.

마음이 흔들렸다.

그래서 나는 "그래, 《나루토》 보자."라고 답했다. 어차피 아빠는 절대 알지 못할 거라고 생각했다.

스텔라의 얼굴에서 긴장이 풀렸다. O자 모양으로 벌린 입에서 "휴" 하고 작게 안도하는 소리를 들은 것도 같다. 스텔라는 내 손을 잡고 "이쪽이야."라고 말했고 우리는 발걸음을 옮겼다.

그런데 스텔라네 집은 학교에서 진짜 진짜 진짜 가깝지는 않았다.

족히 20분은 걸었다. 가는 동안 내내 스텔라는 내 손을 잡은 채 《나루토》가 얼마나 대단한지 줄곧 떠들어댔다.

"애니메이션 팬들 사이에서 가장 유명한 작품 중 하나야. 완전 전설이라, 안 보면 손해지. 수 세기 전부터 알려진 거니까 지나치면 안 돼."

스텔라는 프랑스어로 더빙하지 않고 일본어로 듣되 자막을 프랑스어로 설정해 놓고 봐도 되는지 물었다.

"고등학교에 가면 일본어를 배우고 싶거든."

이상하게도 새로운 친구는 나에게 다섯 번째 규칙을 어기게 만들 뿐 아니라 집에서 금지된 언어도 듣게 만들었다. 불길한 징조였을까? 발걸음을 돌렸어야 했을까? 하지만 그 애의 가방에 그려진 흰동가리가 좌우로 살랑살랑 흔들리고 있었다….

나는 일본어로 들어도 된다고 대답했다.

가는 길에 스텔라는 사스케 이야기를 엄청나게 했다.

“보면 알겠지만 정말 잘생겼어!”

그때 나는 뜻하지 않게 사스케가《나루토》세계의 주요 등장인물 중 한 명이라는 것과 주인공의 라이벌이며 어두운 과거와 미스터리한 분위기를 지닌 캐릭터라는 것, 그리고 스텔라가 첫 화만 보고 그에게 반했다는 사실을 알게 되었다.

그 말을 듣고 나도 모르게 발걸음을 멈추고는 스텔라의 손을 놓고 믿지 못하겠다는 듯 말했다.

“근데, 너는 걔를 진짜로 아는 게 아니잖아. 그러니까 사랑에 빠질 수는 없어.”

스텔라는 주변에 엿듣는 사람이 있는지 슬쩍 좌우를 살피더니, 세기의 범죄를 앞둔 갱단의 두목처럼 눈을 가늘게 뜨고 작은 목소리로 나에게 최후의 비밀을 털어놓았다.

“나 벌써 위키피디아에서 그 캐릭터에 대해 요약한 내용을 다 읽었어.”

그런 다음 스텔라는 장난기 가득한 웃음을 터뜨리더니, 코를 찡긋하며 익살스러운 표정을 지었다. 마치 ‘난 진짜 말썽꾸러기야, 완전 장난꾸러기라니까!’ 하는 표정이었다. 그러고는 더는 내 손을 잡지 않고 가던 길을 갔다.

스텔라의 고백에 나는 그 자리에서 얼어붙었다. 내가 동네 또라이와 어울리고 있다는 것을 막 깨달았다.

스텔라는 몇 걸음 앞서가다가 돌아서더니 가만히 있는 나를 걱정스럽게 보았다.

"혹시 겁먹은 거 아니지? 그래도 우리 집에 가고 싶은 거지?"

스텔라의 입은 다시 A자 모양이 되었고, 눈마저도 같은 모양이 되었다. 당황스러움을 표현하는 그 아이만의 방식인 것 같았다.

"응, 응, 가자, 나도…《나루토》보고 싶어."

"휴우."

그날 나는 친구가 생겼다.

8
참을 수 없는 다정함과
핫초콜릿

스텔라의 방은 모든 면에서 내 방과 정반대였다.

매주 월요일에 그 방에 들어갈 때마다 같은 생각을 하곤 했다.

나는 간결하게 사는 게 좋다. 중학생인 내가 쓰는 물건들은 눈에 잘 띄지 않지만 기능적인 서랍장에 정리되어 있다. 옷들은 무채색 나무 옷장 안에 있어 보이지 않고, 침대 시트에는 장식이나 화려한 무늬도 없다. 침대 옆에는 라디오 알람시계가 놓인 단순한 탁자가 전부다. 숙제를 하고 퍼즐을 맞추는 책상도 네 개의 다리와 평평한 상판이 전부로 간단하기 그지없다. 창가 벽에는 각각 액자에 넣은 퍼즐 열세 개가 걸려 있다. 그건 사실이다. 이 벽은 내 방에서 유일하게 색깔이 있고, 별 의도 없이 세세한 조각들로 채워진 공간이다. 내 방의 단출한 분위기와 일종의 대조를 이루며, 텅 빈 이 은신처에서 이질적으로 느껴지기도 한다.

반면 스텔라는 소란스럽고 변화무쌍한 세상에 살고 있다.

벽은 튀는 분홍색이고, 그 위에 파란색으로 시가 적혀 있다. 책상에는 작은 조랑말 피규어들이 줄지어 있고, 침대 옆 협탁에는 커다란 수정 구슬이 있다. 문손잡이에는 권투 글러브가 걸려 있고, 침대 옆 작은 등나무 의자에는 인형들이 산더미처럼 쌓여 있다. 천장에는 '**우리는** 너를 원하지 **않아**(We DON'T want you).'라는 미국 포스터를 패러디한 포스터가 붙어 있고, 옷장 문에는 왕관이 핀으로 꽂혀 있다. 만화책이 가득 있어 삐딱한 선반에는 불도그 모양의 전등이 있고, 침대 밑에는 거대한 플라스틱 석궁이 숨겨져 있다… 나는 스텔라의 방에 처음 들어갔을 때 눈이 아플 정도였다.

11월 초의 어느 월요일 오후, 우리는 이미 《나루토》 25편을 다 본 상태였다. 지난주에 시즌 1을 끝냈고 시즌 2를 시작할 참이었다.

우리는 월요일 말고는 다음 편을 보지 않겠다고 굳게 약속했고, 나는 어차피 집에서는 일본 애니메이션을 보지 못한다고 바로 설명했다.

"어머, 너희 아빠 짱 엄하신가 봐."

"그렇지는 않아."

"그럼 너희 엄마는? 엄마가 그 규칙에 동의했어? 솔직히 말해. 엄마랑 둘만 있을 때는 몰래 보지, 안 그래?"

스텔라는 팔꿈치로 나를 살짝 치면서 눈썹을 계속 움찔대며 말했다. 움찔대는 건 스텔라의 버릇이었다. 나는 대답하지 않았다.

어색한 분위기를 깨기 위해 스텔라는 우리가 사스케를 너무 기다리게 했다고 말했다. 그녀는 책상 위에 노트북을 놓은 다음, 그 앞에 의자 두 개를 놓고, 애니메이션을 틀었다.

우리는 평소처럼 에피소드 세 편을 연속으로 봤다. 내가 처음 왔을 때부터 늘 그랬듯, 세 번째 에피소드가 끝나자 스텔라의 엄마가 간식을 들고 방에 들어왔다.

"고마워, 엄마!"

첫 월요일부터 스텔라가 이 말을 할 때마다 나는 좀 언짢았다. 스텔라는 가볍게, 아무렇지 않다는 듯이 "고마워, 엄마…."라고 말했다.

스텔라의 엄마는 미인이고, 딸과 같은 금발 머리에, 엄마들은 언제까지나 피부가 부드러울 거라는 인상을 주는 무언가가 얼굴에 있었다. 빛나는 두 눈에는 작고 편안한 기쁨, 딸과 그 친구에게 간식을 가져다주는 엄마로서의 차분한 기쁨으로 생기가 돌았다. 스텔라의 엄마는 향수를 뿌린다. 은은한 바닐라 향. 취하게 만드는 그런 향은 아니다. 아줌마가 떠나도 여전히 남아 콧구멍을 살짝 간질이는 향, '엄마는 나가지만, 옆방에서 지켜보고 있을게…'라고 말하듯 안심시켜 주는 향이다.

우리 엄마의 향기는 뭐였지? 엄마가 남긴 향은 뭐라고 말하는 것 같았지?

그날 오후에 스텔라 엄마는 핫초콜릿 두 잔이 놓인 작은 사각 쟁반을 가져와서 컴퓨터 옆에 두었다.

우리에게 각각 버터와 잼을 바른 브리오슈도 한 조각씩 주었다. 지난주에 스텔라 엄마가 나에게 무슨 잼을 제일 좋아하는지 물어보았을 때 딸기라고 답했었는데, 이번 주 내 브리오슈에는 딸기잼이 발라져 있었다.

"고마워, 엄마!"

스텔라는 별생각 없이 읊조리듯 다시 말했다.

"응, 고마워, 고마워, 엄마…"

"정말 고맙습니다, 나탈리아 아주머니."

나는 스텔라 엄마의 눈을 바라보며 말했다.

아주머니는 차분하게 웃으며 나를 바라보았다. 딸 친구에게 보내는 정중하고 살짝 애정 어린 미소….

그런데 그날은 뭔가 달랐다. 앞선 여섯 번과는 다른 뭔가가 있었다.

나탈리아 아주머니는 "마지막 에피소드 재미있게 봐, 얘들아!"라고 말했는데, 이 말은 우리 둘에게 한 것이었다.

그런데 그다음에 아주머니는 스텔라의 머리에 입을 맞추었다.

오직 스텔라의 머리에만.

그러고 나서 아주머니는 방을 나갔다.

그 입맞춤, 스텔라에게만 해 준 것, 아무렇지도 않고, 흔하며, 머리에 살짝 한, 대가 없는 입맞춤. 의미가 없는 것 같으면서도 모든 것을 말해 주는 그 다정한 몸짓이 마치 분노한 지진처럼 내 얼굴을 강타했다.

갑자기 나는 엄마가 없는 아이가 되었다. 갑자기 나는 버림받은 아이가 되었다. 그 입맞춤이 나를 작고 외로운 고아로, 방황하는 고아로, 무엇인가 결핍된 고아로, 철부지 응석받이 친구를 둔 고아로 만들었다.

나는 가야만 했다.

"나 가야 해."

내 말에 스텔라가 브리오슈를 한 입 베어 문 채로 있었다. 브리오슈가 가득한 입으로 나에게 물었다.

"네 번째 에피소드 안 볼 거야?"

"아니, 나 가야 해."

스텔라는 입에 있는 것을 그냥 삼켜야 했다. 그 애가 입을 닦는 사이 나는 이미 코트를 입고 방문 손잡이를 돌리고 있었다.

"괜찮아? 우리 여전히 친구지?《나루토》계속 좋아하지, 그렇지?"

스텔라의 입과 눈은 오랜만에 A자 모양이 되었다. 나는 이제 그 표정 뒤에 감춘 괴로움을 안다.

다시는 보고 싶지 않다고 스텔라에게 말하고 싶은 충동이 일었다. 나는《나루토》도 싫고, 네가 있어서 딸기잼을 먹고 싶은 마음도 사라졌다고, 당장 너의 권투 글러브를 끼고 라이트 훅을 날리고 싶어 죽겠다고, 우리는 한 번도 친구인 적이 없었고, 너는 플라스틱 조랑말들과 남은 삶을 외롭게 살 거라고 말하고 싶었다.

하지만 그것은 옳지 않은 행동이고, 스텔라는 그런 대접을 받아야 할 사람도 아니다.

"내가 사스케를 더 좋아하는 거 알잖아."

나는 서로 통하는 사람처럼 말했다.

그러고 나서 스텔라에게 윙크를 했다. 양파 타르트를 만들 때 아빠에게 보내는, 눈이 따끔거리는 그런 윙크를.

스텔라가 웃었다. 그 애는 나를 끌어안았다. 과했다.

"나… 나 가야 해."

“내일 봐, 엘리즈!”

집을 나서기 전에 나탈리아 아주머니가 나를 불러 세웠다.

“벌써 가는 거야, 엘리즈?”

“네, 전….”

밖을 힐끗 보니 하늘이 잿빛 구름으로 무겁게 가라앉아 있었다.

“날씨가 흐린 것 같아요. 비 맞으면서 집에 가고 싶지 않아서요.”

나는 아주머니가 내 목소리의 떨림을, 내 목구멍에 걸린 슬픈 분노를 듣지 못하도록 최선을 다했다.

“그렇네. 아, 잠깐만!”

나는 아주머니가 다시 올 때까지 몇 초 동안 현관에서 기다렸다.

“자, 딸기잼 바른 브리오슈를 하나 더 만들었어. 다음 주 월요일에 보자.”

나는 알루미늄 포일에 싸인 빵을 들고 최대한 빨리 집으로 달려갔다.

물론, 밖에 나오자마자 구름이 터져 버렸다.

비가 내렸다.

9

빠진 조각들

그날 집에 어떻게 갔는지 거의 기억나지 않는다.

분노, 질투, 슬픔, 수치심….

이 모든 감정들이 집으로 가는 길을 마치 깨어 있는 꿈처럼 만들었다.

오직 흰동가리와 조각난 바다가 그려진 퍼즐 상자만이 나를 앞으로 나아가게 했다. 빨리 그 상자를 찾아야 했다.

20분 후 나는 상자 앞에 있었다.

늘 그렇듯 상자는 내 방 벽 작은 선반 한가운데 놓여 있었다.

텅 빈 내 공간에서 나를 기다리고 있었다.

나는 상자를 집어 들었다. 100개의 조각들을 미친 듯이 책상에 쏟았다.

퍼즐 조각을 만지고 부드러운 색감의 그림을 보자 즉시 효과가 있었다.

나는 생각할 수 있었다. 차분하게 생각할 수 있었다. 일어난 일에 의미를 부여할 수 있었다. 나는 조각들을 맞춰 나갔다.

상자 뚜껑의 그림을 볼 필요도 없이 단 몇 분 만에 작업대 위에 첫 번째 흰동가리가 나타났다….

스텔라에게는 그럴 권리가 있다. 세상에서 가장 자연스러운 것처럼 "고마워, 엄마."라고 말할 권리가 있다.

두 번째 흰동가리.

나탈리아 아주머니에게도 그럴 권리가 있다. 내가 좋아하는 잼을 바른 브리오슈를 만들어 줄 권리가 있고, 그다음엔 자기 딸에게만 입맞춤을 해 줄 권리도 있다….

세 번째 흰동가리.

그들에게는 권리가 있다. 그런 순간들을 함께 보내고, 내가 없을 때 웃을 권리도 있다. 스텔라는 학교생활을 걱정해 주는 엄마, 어떤 하루를 보냈는지 물어보는 엄마, 눈 속에 그 존재가 없는 엄마를 가질 권리가 있다.

네 번째 흰동가리.

나 역시 권리가 있다. 새로 사귄 친구와 몰래《나루토》를 볼 권리, 아빠가 알면 상처가 될 걸 알기에 아빠에게 말하지 않을 권리.

다섯 번째 흰동가리.

내가 이해했다는 사실에 나는 놀랐다. 내가 태어날 때부터 나의 것이기도 했던 그 언어를 이해했다는 사실에. 내가 그 언어를 잊지 않았음을 깨닫고 놀랐다.

엄마는 나를 자랑스러워했을까? 우리가 함께 말하던 그 언어를 내가 아직도 할 수 있다는 걸 알면 엄마는 감동했을까? 엄마가《나루토》를 보도록 허락했을까? 그걸 아빠한테 물어봐야 할까? 아빠에게 **그 질문**을 해야 할까…?

조각이 하나 없었다.

그렇다, 한 조각. 내 앞에 있는 퍼즐에서 말이다.

99개의 조각이 책상 위에 맞춰져 있었지만, 100번째 조각이 없었다. 대신 구멍이 나 있었다.

여섯 번째 흰동가리 한가운데에 난 구멍.

나는 굳어 버렸다. 내 심장의 일부가 빠져나간 것 같은 느낌이 들었다. 그래서 이 슬픈 그림 앞에서, 아빠의 규칙을 피한 채, 퍼즐의 구멍을 바라보며 울었다. 나는 아빠에 대한 증오, 스텔라에 대한 증오 때문에 울었고, 드드농 선생님과 선생님의 바보 같은 과제에 맞서 울었고, 먹구름과 차가운 비 때문에 울었고,

괴로움을 안기는 잼 때문에 울었고, 존재하지도 않는 사스케 때문에 울었다. 나는 의자에 앉아 다섯 마리의 흰동가리와 한 조각이 빠진 여섯 번째 흰동가리를 바라보며 울었다.

소나기가 그치고, 눈물이 마른 뒤, 나는 100번째 조각을 찾기 위해 떠났다.

나의 원정은 오래가지 않았다. 그 조각은 책상 밑에 있었다.

나는 여섯 번째 흰동가리의 배로 보이는 그 조각을 집어 들고 맞추기 전에 바보 같은 짓을 했다. 아무 의미도 없지만, 일단 하고 나니 말할 수 없이 후련했다.

그 조각이 빠진 자리, 그림 속의 구멍에 아주 작은 눈물을 한 방울 떨어뜨렸다.

쉽지는 않았다. 슬픔을 전부 쏟아냈더니, 눈물이 나오지 않아 손가락으로 눈두덩을 눌러야 했다. 조금 우습기도 했다.

나는 그림 한가운데 떨어진 조그마한 짠 물웅덩이를 바라보다가, 이왕 우스꽝스러워진 김에 손가락으로 그 눈물을 구멍에 펴 발랐다.

그다음에 100번째 조각을 끼워 넣어 전체를 완성했다.

아니, 아빠에게 **그 질문**을 해서는 안 된다.

나는 그럴 권리가 없다.

10
전화기 너머의 상대

그다음 두 주는 평범하게 지나갔다.

아빠는 양파 타르트를 네 번 만들었고, 우리는 치약이 떨어지지 않았으며, 대부분의 식사 시간 동안 아빠는 나에게 억지로 윙크를 하고 웃어 주었다.

드드농 선생님이 미술 숙제를 돌려주었는데, 나는 20점 만점에 10점을 받았다.

"네가 그린 선들은 아주 아주 세련되지 않아, 엘리즈! 선들이 아주 아주 혼란스러워. 진정한 아티스트가 되고 싶다면 더 매달려 봐!"

선생님께서 내가 낸 과제에 보라색 잉크로 이렇게 써 주었다. i를 쓸 때는 점 대신 꽃을 그리고 '아티스트'라는 단어 뒤에 울고 있는 이모티콘을 그렸다.

스텔라와 나는 점점 더 많은 시간을 함께 보냈다. 월요일 오후 외의 시간에도. 나는 《나루토》를 더 빨리 볼 수 있도록 스텔라네 집에서 하룻밤을 잤다. 아빠가 허락해 주었고, 스텔라의 엄마가 "잘 자."라며 딸에게 뽀뽀하는 모습을 보고도 유난을 떨지 않았다.

다음 날 아침, 스텔라가 자고 있었기 때문에 나는 그 애가 일어나기를 기다리며 방바닥에서 폭포 앞 큰부리새가 그려진 80조각짜리 소형 퍼즐을 맞추었다. 잠에서 깬 스텔라는 내가 정말 잘한다고 말한 뒤, 침대 위에서 태양 경배 자세를 취했다.

한 마디로, 내 삶에서 별다른 것 없는 기나긴 두 주에 지나지 않았다.

그리고 토요일 저녁에 전화가 울렸다. 아빠와 나는 우리만의 침묵 속에서 저녁을 먹고 있었는데 전화벨이 울린 것이다. 그 소리에 우리는 깜짝 놀랐다.

우리 집에서는 전화가 울리는 일이 거의 없었기 때문에 전혀 예상하지 못한 일이었다.

아빠는 피아노 조율사로 일하던 시절에 알고 지내던 동료들이나 고객들과 모든 관계를 끊었고, 친구들도 멀리했다. 우리는 가까운 친척도 없고, 아빠가 동네 슈퍼에서 새로 구한 판매원 일은 저녁 8시 후에 갑작스레 전화가 올 일도 없었다. 아빠는 엄마가 돌아가신 뒤 자신의 분노와 슬픔이 광고나 터무니없는 꿈을 파는 사람들에게 방해받지 않도록 우리 집 전화번호를 마케팅 차단 서비스에 신청했다.

가벼운 전화벨이 다섯 번 울렸지만, 아빠는 꼼짝도 하지 않았다.

몇 초간 침묵이 흐른 뒤, 다시 전화벨이 울렸다. 누군가가 정말로 우리에게 연락하려는 것이었다….

아빠가 조금 어색하게 물었다.

"어쩌지?"

아빠의 목소리에는 지어낸 게 아니라 진짜 걱정이 묻어났다. 그 전화는 아빠 안의 존재가 통제할 수 없는 것으로 아빠는 정말로 당황하고 어쩔 줄 몰라 했다.

"음… 받으면 되잖아."

"응… 알았어…."

아빠는 의자에서 일어나는데도 엄청나게 노력해야 했다. 아빠는 주저하는 걸음으로 전화기 쪽으로 걸어가더니 전화기에 손을 뻗으면서 마지막으로 나를 한 번 쳐다보았다.

무슨 일이 일어날지 전혀 알 수 없었지만, 가슴이 살짝 두근

거렸다. 예상치 못한 사건이 우리의 무채색 일상을 뒤흔들고 있었다. 누군가가 우리에게 전화를 걸다니!

아빠는 깊게 심호흡을 하고는 힘주어 전화기를 움켜잡았다.

그리고 자신감 있는 목소리를 지어내며 외쳤다.

"여보세요?"

그러고 나서 아빠는 몸을 움츠렸다.

악마 아니면 마귀할멈이 아빠에게 소리치고 있었다. 이해할 수 없었지만, 전화기 너머에서 누군가가 온 힘을 다해 외치는 소리가 들렸다. 아빠는 쏟아지는 비난에 맞서며 작은 목소리로 동의했다.

통화가 끝난 후에도 아빠는 계속 전화기를 잡고 있었다. 얼이 나간 듯했다. 마치 우주 끝에서 날아온 힘이 아빠가 블랙홀 속에 숨기려고 했던 무언가를 떠올리게 한 것 같았다.

마침내 아빠가 돌아서서 나에게 말했다.

"소노카 할머니가 모레 일본에서 온대."

11
피아노 방

　4년 동안 우리의 소식을 듣지 못했던 소노카 할머니가 우리 집에서 2주를 보내겠다고 이런 식으로 선언했다.

　사실이었다. 아니, 사실이라기보다는 명령에 가까웠다. 할머니는 그 명령을 전화기 너머로 아빠에게 고함치듯 전했다. 할머니는 48시간 안에 도착할 예정이었다. 내일 밤 비행기를 탈 것이고, 우리 주소를 알고 있으며, 문이 열릴 때까지, 아니면 산산조각 날 때까지 두드릴 작정이라고 했다.

　"할머니는 어디서 자?"

　이 질문이 굉장히 현실적이란 걸 나도 알지만, 이게 가장 먼저 든 걱정이었다. 할머니를 거실 소파에 재울 수는 없지 않을까?

　아빠는 이 수수께끼를 푸는 데 시간이 좀 걸렸다. 아빠의 눈이 거대한 파도에 휩쓸려 너무 멀리 떠나 버린 것 같았다. 마침내 아빠가 난파선에서 돌아와 힘없이 말했다.

"어쩔 수 없지."

그리고 마지막 힘을 짜낸 뒤 또 한 번 힘을 내는 것처럼, 아빠는 한참 생각한 끝에 내린 결론을 더욱더 작은 목소리로 알렸다.

"피아노 방을 열어야지."

아빠의 슬픔이라는 바위에 파도가 부서졌다. 나는 못 본 척했다.

피아노 방은 우리 집 1층에 있는 큰방이다.

엄마가 돌아가시기 전, 하루에 몇 시간씩 보내던 곳이다.

이 방에서 엄마는 자신의 꿈을 이루게 해 준 악기 위에 손가락을 놀리곤 했다.

엄마는 미국 프로듀서를 만나지 않고도 성공을 거두었다는 걸 미리 말해 두겠다. 엄마는 소공연장을 옮겨 다니며 일본 관객들에게서 점점 더 많은 찬사를 받게 되었다. 지역 언론은 엄마가 꽃피운 재능을 감탄하는 기사들을 연이어 썼다. 그 기사들은 작은 공연장을 대형 콘서트홀로 바꾸고, 지역 신문의 보도를 전례 없는 전국적인 찬사로 확산시킬 만큼 충분히 강렬했다.

감히 말하자면 우리 엄마는 스타가 되었다.

아빠를 보고 인상을 찌푸린 지 겨우 3년 만에, 온 세상은 엄마의 연주를 들으며 행복한 미소를 지었다. 뉴욕, 서울, 멕시코… 내가 태어나기도 전에 엄마는 이미 오대륙의 일 플로탕트를 맛본 셈이었다.

결국 엄마는 자신이 태어난 섬나라에서 멀리 떨어진 파랑-하양-빨간 프랑스 땅에서 연인과 함께 살게 되었다.

여행 사이사이 엄마가 재충전하러 오는 곳은 항상 이곳, 피아노 방이었다. 엄마가 새로운 히트곡을 쓸 때마다 그 방에서 흘러나오는 멜로디와 소리가 집 안을 가득 채웠다. 전 세계가 기다리는 곡들을 우리 집에서 작곡한 것이다.

나는 그게 자랑스러웠다.

엄마가 돌아가시기 전, 아빠는 피아노 방에 작은 더블 침대를 놓았는데(전설에 따르면 침대 틀도 아빠가 직접 만들었다고 한다), 덕분에 아빠는 예술가 아내가 밤늦게까지 어려운 곡을 연습할 때마다 사랑하는 사람 곁에서 잠들 수 있었다.

우리 셋이 그 침대에서 함께 잤던 어느 밤이 생각난다.

나는 정말 어렸다. 아마 네 살쯤이었나? 아침에 일어나서 느꼈던 특별한 기분, 마법 같은 분위기, 우리 셋과 잠든 악기 사이로 흐르는 공기 중에 있던 무언가가 기억난다. 오직 우리만의 사랑의 세레나데.

어쨌든 이제는 4년간 닫혀 있던 방을 청소해야 했다. 소노카 할머니가 그곳에서 잘 예정이니까. 그렇다.

그 일요일, 아빠는 쉽게 그 방에 들어가지 못했다. 자물쇠에 열쇠를 꽂고, 손끝으로 문을 밀고 나서도, 아빠는 문턱에 멈춰 서서 정면을 응시했다.

아빠는 피아노 옆에 있는 빈 의자를 바라보았다.

"아빠, 안 들어가?"

아빠는 자기 마음도 모르는 채로 조용히 무심하게 말했다.

"그래, 들어가자."

철근 콘크리트 같은 갑옷으로 중무장한 아빠가 마침내 체념한 듯 피아노 방으로 걸음을 옮겼다.

이제 아빠는 더 이상 나의 아빠가 아니었다. 오늘의 임무, 즉 작은 더블 침대의 시트를 바꾸기 위해 파견된 가정용 로봇 같았다.

"침대 정리할게."

이제 침대를 정리하는 거야. 침대 정리, 그뿐이야.

그동안 나는 400년간 쌓인 듯한 피아노 주변의 양털 먼지 뭉치를 청소기로 빨아들였다. 그러면서 이 방이 내가 기억하는 모습과 얼마나 달라졌는지, 얼마나… 텅 비었는지도 깨달았다. 엄마는 무덤에 있고(그런데 정말 엄마를 묻긴 했나?) 정원에서 시들어가는 벚나무 밑에 엄마의 악보와 CD들이 묻혀 있다. 이제 피아노 방은 그저 그림자 같은 존재가 되어 버렸다. 싸늘하고 잿빛이며 퀴퀴한 냄새가 나는 방은 죽은 이를 맞이하는 대기실 같았다. 더 이상 그곳에서는 어떤 곡도 작곡되지 않고, 모든 게 부패하고 있을 뿐이었다.

나는 3분 만에 먼지 뭉치들을 다 빨아들였다. 그동안 아빠는 침대를 정리했다. 그러고 나서 아빠는 커튼을 걷고 창문을 열었다. 빛이 들어왔다. 멀리서 온 햇살이 악기를 부드럽게 어루만졌다.

그 장면이 무척 아름다웠다. 예전에 엄마가 보여 주었던 영화의 한 장면 속에 우리가 있는 것 같았다.

저 빛은 엄마가 창 너머로 나에게 보낸 신호일까? 엄마가 그토록 사랑하던 악기에 유령처럼 다시 손가락을 대려는 걸까? 아빠와 내가 피아노 방에 함께 있는 모습을 보고 우리를 위해 다시 연주하고 싶어진 걸까?

피아노를 향해 걸어가는 아빠의 모습을 보고 나는 몽상에서 깨어났다.

아빠는 건반을 덮고 있던 작은 옻칠 나무 덮개를 거칠게 들어

올린 뒤 턱을 꽉 다물며 잠시 멈춰 섰다. 그리고 흰 건반과 검은 건반을 주먹으로 세게 내리쳤다.

끔찍한 소리가 방 안에 울려 퍼졌다. 비명 같았다.

아빠는 양 주먹을 건반 위에 올려놓고 조각상처럼 꼼짝도 하지 않았다. 아빠는 두 손의 힘만으로 파괴하려 했던 존재의 심장에라도 박힌 듯, 피아노 깊숙이 몸을 파묻고 있었다.

피아노의 울림은 아빠가 입을 뗄 때까지 이어졌다.

"피아노 음이 틀어졌어."

물론 음이 틀어졌겠지. 피아노는 변덕스러운 악기니까, 덥거나 건조하거나, 먼지가 쌓이거나, 손길이 닿지 않거나 하면….

"피아노를 팔아야 할 것 같지 않니, 엘리즈? 이런 애물단지가 돈이 될 수도 있잖아."

한 방 맞았다. 복부를 주먹으로 한 대 얻어맞은 것 같았다. 내장과 머리에 충격이 밀려왔다….

아빠를 통해 말하고 있는 그 존재는 그런 말을 할 자격이 없다. 그 존재는 두 사람이 처음 만나게 된 피아노를 우리에게서 빼앗아 갈 수 없다. 그 존재는 모든 것을 파괴할 자격이 없다. 나는 맞서야만 했다. 아빠에게 다가갈 방법을, 그 갑옷 안까지 닿을 수 있는 말을 찾아야만 했다….

이상하게도 머릿속에 치약이 떠올랐다. 거기서 아이디어를 얻었다. 어쩌면 아빠가 하던 대로 해 볼 수 있을 것 같았다….

나는 놀란 척했다.

"난 부족한 게 하나도 없다고 생각했는데. 우리… 돈이 부족한 거야, 아빠?"

나는 목소리를 떨게 만들고, 눈에는 걱정 어린 빛이 서리게 했다.

아빠는 나를 사랑했다. 그것은 그 존재 앞에서도 여전히 무너지지 않는 절대적인 진실이었다. 내가 뭔가 부족함을 느낀다는 건 아빠에게 견딜 수 없는 일이었고, 나는 그것이 뱀 같은 존재를 상대로 쓸 수 있는 내 무기라는 것을 알고 있었다. 효과가 있을 것이라고 생각했다….

그리고 실제로 통했다.

아빠가 잠시 머뭇거린 뒤 대답했다.

"아니… 아니, 걱정하지 마. 아빠가… 농담한 거야. 우린 부족한 게 없어, 너도 알잖아."

아빠가 나에게 윙크를 하고 내 뺨에 얼음처럼 차가운 뽀뽀를 하더니 방을 나가기 직전, 늘 그렇듯 억지로 기쁜 척하며 말했다.

"양파 타르트가 먹고 싶네."

그리고 아빠는 부엌으로 달려갔고, 나는 재빨리 내 방으로 도망쳤다.

12
'스텔라'라는 이름의 감정

월요일 온종일, 한 번도 느껴본 적 없는 초조함이 날 사로잡았다.

소노카 할머니가 오늘 저녁에 온다. 별일 없으면 저녁 6시 반쯤 택시가 할머니를 우리 집 앞에 내려 줄 것이다.

수업에 집중하는 게 너무 어려웠다. 드드농 선생님의 엉뚱한 이야기나 돌발 행동조차 일본인 할머니가 곧 우리 집에 온다는 사실에 비하면 시시해 보였다. 평소엔 저절로 맞춰지며 머릿속을 온통 차지하던 퍼즐조차도 오늘만큼은 우리 집에 올 할머니의 이미지를 몰아내지 못했다. 엄마의 엄마를 못 본 지 얼마나 됐을까? 5년? 아니면 6년?

나는 할머니가 오면 아빠의 갑옷을 부수고 아빠를 점령한 그 존재를 몰아낼 것 같은 느낌이 들었다(그러기를 바라는 건가?). 할머니가 자기도 모르게 **그** 질문에 대답해 주기를 바랐다. 내가 물어보지 않아도. 규칙 1번을 어기지 않아도. 그냥 커피 한잔하다가 툭 던지듯이.

꿈꾸는 건 자유 아닌가?

스텔라는 내가 멍하고 평소보다 더 기죽은 듯하다는 걸 눈치챘다.

10시 쉬는 시간이 되자 스텔라가 말을 걸었다.

"얘 봐라, 뭔가가 있네."

그러고는 "히히히히히." 하고 소리 내며 웃었다.

"남자애 때문이지? 그 남자애랑 사랑에 빠진 거야? 우리 학교 남자애를 좋아하면서 어떻게 나한테 소개도 안 해 주냐!"

그러더니 또 웃었다. 이번엔 "오오오오오오." 하며 과장된 표정을 지으며 물었다.

"그 남자애 사스케 닮았어?"

스텔라는 입술을 오므리고 검지를 앞뒤로 흔들며 '너 정말 비밀이 많은 애구나.'라는 듯한 제스처를 취했다.

스텔라는 유치하면서 음탕했다.

그게 마음에 걸렸다.

"어서, 말해 줘! 누구야?"

스텔라는 발을 동동거리고 입을 길게 늘려 "이이이이이이." 하며 졸랐다.

"그게… 우리 할머니야."

나는 진심으로 당황해하며 말했다.

스텔라는 바로 동동거리지는 않았다. 그 애의 입술과 눈매가 합쳐지며 W 모양이 되었다. 내 말이 찬물을 끼얹은 듯, W가 태양에 녹아내리는 모양이 되었다.

"할머니가 일본에서 와서 이 주일 동안 피아노 방에서 지낼 거야. 오랫동안 못 봐서 할머니가 어떤 분인지 기억이 잘 안 나. 기분이 이상해. 집에서 다시 일본어를 할 텐데, 아빠가 이제 일본어를 안 좋아한다는 걸 할머니가 알게 될 수도 있잖아."

나도 내 말에 놀랐다. 대답이 줄줄 나올 줄은 몰랐다. 나는 식사 시간에 어떤 언어로 말해야 하느냐를 두고 할머니와 아빠가 부딪칠까 봐 걱정하게 될 줄은 몰랐다. 또 스텔라에게 이렇게 개인적인 이야기를 털어놓게 될 줄도 몰랐다. 끝에 내 왼쪽 눈에서 작은 눈물 두 방울이 흘러나올 줄은 정말 예상하지 못했다.

내 친구는 아무런 표정도 짓지 않았다. 얼굴에 특별한 글자가 떠오르지도 않았다.

당황스러웠다.

스텔라는 수천 개의 질문이 떠올랐을 것이고, 타고난 호기심을 채우고 싶었을 것이다. 내가 더 털어놓도록 캐물을 수도 있었고, 나를 감싸고 있는 수수께끼를 파고들 수도 있었다. 이렇게 물었을지도 모른다. '근데 왜 울어? 그러니까 너 사실 일본인이야? 반만? 알고 있었어, 다 알고 있었지! 아빠는 왜 일본어를 싫어해? 왜 첫날 나한테 거짓말했어? 엄마는 아직 일본에 계셔?'

하지만 그런 일은 전혀 일어나지 않았다. 대신 스텔라는 덤벼들 듯 와서 나를 꼭 안아 주었다.

그리고 내가 간절히 듣고 싶은 말을 내 귀에 속삭였다.

"다 잘될 거야. 넌 할 수 있어. 정말이야."

스텔라는 내 얼굴에 흐르는 눈물을 검지로 조심스럽게 닦은 뒤, 그 손가락을 자기 볼에 대고 작은 선을 그렸다. 마치 '네 슬픔은 내 슬픔'이라고 말하는 것 같았다.

나는 울컥했다.

그 후의 시간은 아주 괜찮았다. 나는 수업에 집중할 수 있었고, 스텔라의 유치하고 기괴한 장난을 보고 웃기까지 했다. 그리고 우리는 《나루토》를 네 편이나 보았다. 물론 중간에 스텔라 엄마가 딸기잼을 바른 브리오슈를 두 개 주었고, 딸에게 살짝 애정 표시도 했다. 네 번째 에피소드를 보고 스텔라와 간단하고 짧게 소감을 나눈 뒤, 집으로 돌아왔다.

오후 5시 30분에 집에 도착했는데 아빠는 이미 와 있었다.

아빠도 신경이 곤두 서 있었다. 아빠는 안절부절못하며 서성 거렸다. 잠시 후 아빠는 소파에 앉아 창문 너머로 죽어 가는 벚 나무와 그 아래 묻혀서 보이지 않는 무덤들을 바라보았다. 아빠 는 나를 보고 로봇처럼 굳은 얼굴로 미소 지었다. 아빠의 얼굴 에 아무런 감정이 없다는 걸 내가 알고 있다는 사실을 아빠는 알까? 4년 전부터 아빠도 어느 정도 죽은 채로 지내고 있다는 걸 내가 느낀다는 사실을 아빠는 알까?

그래서 분위기를 풀기 위해 스텔라가 불어넣은 충동을 따라, 아빠가 직장에서 어떤 여자를 만났는지, 그 여자가 소노카처럼 생겼는지 물어보았다.

아빠가 대답할 틈도 없이, 나는 아빠의 얼굴까지 몸을 숙이고 는 용기를 북돋워 주었다.

"다 잘될 거야. 아빠는 할 수 있어. 정말."

한 시간 뒤, 아빠는 부엌에서 애호박을 자르고 있었고, 나는 내 방 책상에서 500조각짜리 **공룡과의 만남** 퍼즐을 펼치고 있었 다. 그때 누군가가 현관문을 두드렸다.

할머니가 왔다.

13
소노카 할머니

할머니는 아빠에 대한 분노가 양팔에 산처럼 가득 쌓인 채로 왔다.

그렇지만 아빠가 예전 같지 않다는 것을 금방 알아차렸다.

할머니는 문이 열리자마자 인사도 없이 소리를 지르며 아빠를 우산으로 때렸다.

온갖 비난이 담긴 말을 정말 빠른 속도로 길게 쏟아냈다(물론 일본어로. 할머니는 프랑스어를 못한다). 할머니는 심각한 상황이라고 말하고는 어떻게 4년 동안 아무 소식도 주지 않을 수 있는지, 우리가 교토에 왔어야 했고, 자신은 가족이 아니냐고 물었다. 이런 시련을 겪을 때는 서로에게 힘이 되어 주어야 하며, 일본에서 늙은 여자 혼자 사는 게 얼마나 외로운 일인지 아느냐고 쏘아붙였다.

그 상황이 한참 이어질 수도 있었다. 할머니가 화를 절반이라도 쏟아내려면 꼬박 일주일이 걸릴 것도 같았다. 그런데 그렇게 비난을 쏟아붓던 할머니는 사위가 예전 같지 않다는 것을 깨달았다. 할머니는 말을 멈추고, 아빠의 눈을 똑바로 바라보다가, 그 존재가 만든 갑옷과 맞닥뜨렸다.

달리 어떻게 할 수 없었을 것이다.

아빠를 마주 보기만 해도, 그 강철 같은 갑옷에 정통으로 얻어맞지 않을 수 없으니까. 쾅!

할머니는 얼떨떨해하며 정신을 차리지 못할 지경이 되었다. 하지만 관자놀이를 천천히 문지르며 정신을 가다듬자 할머니의 태도가 조금 누그러졌다.

할머니는 아빠를 원망하지 않는다고, 당연히 모두에게 힘든 시기였고, 아빠도 나름의 최선을 다했다는 걸 알지만, 그래도 그렇지… 전화 한 통 걸어 슬픔을 나누고, 이런저런 얘기라도 나눴으면 좋았을 텐데 하고 중얼거렸다.

그런 다음 할머니는 단단한 고철 덩어리에게서 시선을 거두고, 이 집의 두 번째 거주자인 나를 향해 얼굴을 돌렸다. 그런데 엄마를 쏙 빼닮은 내 모습에 충격을 받았다. 또 한 방 제대로 얻어맞았다. 쾅!

할머니는 정신을 차리지 못했다. 이런, 두 번째다. 그래도 연세가 많으니 조심해야 했다.

할머니는 내가 엄마를 정말 닮았고, 엄마만큼 예쁘고, 그게 너무 놀라울 정도라서 슬프다고 말했다.

그리고 할머니는 울기 시작했다! 현관에서, 손에는 우산을 쥐고, 뒤에는 초대형 여행 가방을 둔 채로.

이 모든 게 별로 좋지 않은 징조 같았다.

무엇보다 우리 집에서는 슬픔을 드러내지 않는다. 양파 타르트나 딸기잼 같은 걸로 슬쩍 감출 뿐이다. 게다가 내가 잊고 있던 건, 할머니가 얼마나 수다스러운지와 그로 인해 아무것도 부족한 것 없던 이 집이 한동안 꽤 떠들썩해질 거라는 사실이었다.

할머니는 우리가 등지고 있던 창문 너머로 뒷마당의 죽어 가는 벚나무를 보자마자 단박에 눈물을 멈추었다. 마지막 석양이 유독 음산하게 벚나무를 비춰서 보기에 좋지 않기도 했다. 까마귀와 좀비만 있으면 핼러윈 준비도 충분할 정도였다.

소노카 할머니는 단호한 걸음으로 거실을 가로질러, 우산과 코트를 아무렇게나 소파에 던지고는 양손으로 창을 열고 벚나무 앞에 섰다. 그때 할머니가 왼손을 입가로 가져가더니, 공포와 경악을 감추지 못한 얼굴로 천천히 아빠 쪽으로 돌아섰다.

마침내 할머니는 내가 이미 알고 있는 진실을 아빠에게 쏘아붙였다.

"소레 와 스미레 노 오키 니 이리 노 키 다타 노 요(이 나무는 스미레가 가장 좋아했던 나무야)!"*

할머니의 목소리에는 어딘가 비난의 기색이 담겨 있었지만, 무엇보다도 도무지 이해할 수 없다는 혼란이 느껴졌다. 그리고 그 혼란은 아빠의 대답을 듣고 나서 극에 달했다.

"네. 곧 죽을 거예요. 그런 거죠, 뭐."

할머니는 아무런 반응도 하지 않고 멍하니 굳은 채로 서 있었다. 죽어 가는 나무와 감정을 잃어버린 사위를 앞에 두고 넋이 나가 있었다.

나는 어쩌면 수치심을 느껴야 했을지도 모른다. 어쩌면 엄마가 돌아가신 뒤로 우리의 삶을 할머니에게 설명해야 했을지도 모른다. 어쩌면 죽어 가는 나무를 바라보며 단도직입적으로 **그 질문**을 해야 했을지도 모른다….

대신 나는 속으로 미소 지었다. 뭔가 마법 같은 일이 일어났

---

* 할머니 말이 맞다. 엄마는 자기 나라의 일부를 집에 두고 싶어서 일본 벚나무를 정원에 심어 달라고 부탁했었다. 화창한 날이면 엄마가 우리를 위해 샌드위치 같은 먹을 것을 나무 아래에 차려 준 기억이 난다. 그리고 우리 곁을 지켜줘서 고맙다며 나무에게 인사한 것도 기억난다. 그러고 나서 엄마는 내가 잘 자랄 수 있는 힘을 받도록, 나무를 꼭 안아 보라고 했다. 사실은 내가 나무를 안고 있으면 엄마는 나를 함께 껴안곤 했다. 이게 우리만의 식사를 마무리하는 샌드위치였다.

다. 아빠는 깨닫지 못했지만 나는 알아차렸다. 아빠가 일본어로 대답한 것이다.

여전히 아빠는 일본어를 할 줄 알았다.

어딘가 어두운 하늘 한가운데에서 아빠가 엄마 나라의 말을 완전히 잊은 건 아니라는 사실을 방금 나에게 증명해 보였다.

아주 작은 태양이 내 안에 떠올랐다.

그날 저녁 내내 할머니는 계속 같은 말을 되풀이했다.

"집을 정화해야 해."

할머니는 방 구석구석을 둘러보며 그렇게 중얼거렸다.

아빠는 못 들은 척했고 나도 그랬는데, 나는 할머니가 무슨 뜻으로 그런 말을 하는지 도무지 알 수 없기 때문이었다.

우리 셋은 불편한 분위기에서 식사를 했다. 할머니에게 이것저것 묻고 싶었지만 일본어를 써도 되는지 확신이 없었다. 저녁 식사 내내 그 생각이 머릿속을 떠나지 않았다.

접시를 다 비우고 나서야, 나는 발가락 끝으로 수영장 물의 온도를 재 보듯 용기를 내어 아빠에게 조심스럽게 말했다.

"오이시카타, 아빠."

'맛있었다'라는 뜻이다.

침묵… 할머니는 이를 쑤시는 척하면서 사위의 반응을 기다렸다.

아빠는 빈 잔을 보면서 떨리는 목소리로 "아리가토(고마워)."라고 더듬거리며 말했다.

별것 아닌 것처럼 보일 수도 있지만, 그 자체로 하나의 승리였다. 할머니 앞에서는 일본어를 써도 된다는 뜻이니까.

나의 태양이 조금 더 밝게 빛났고, 나는 자러 갔다.

14
집을 어떻게
정화할까?

다음 날, 학교에 가려고 집을 나서려는데 할머니가 피아노 방에서 급히 나왔다. 새틴 가운을 입은 할머니는 우아한 부인 같았고, 예순여섯 살처럼 보이지 않았다.

할머니가 다가와서 내 손목을 잡았다.

"집을 정화해야 해."

나는 여전히 그 말이 무슨 뜻인지 몰랐지만 지겨워지기 시작했고, 할머니가 망가진 레코드판처럼 느껴졌다. 어제만 해도 그 말을 수천 번이나 한 것이다.

할머니는 오늘 한 걸음 더 나아갔다.

"슈퍼에서 과일이랑 채소를 사려고, 양파밖에 안 남았더라고. 성냥은 있니?"

솔직히 말해 할머니가 말하는 '집을 정화한다'라는 게 혹시 '집을 불태운다'라는 뜻인지 궁금해졌다. 이게 내가 잊고 있던 일본의 전통인가?

내가 기억하기로 할머니가 방화범인 적은 없었기에 그냥 어디서 성냥을 살 수 있는지 알려 주었다. 심지어 정중하게 도움을 제안하기도 했다.

"할머니, 학교 끝날 때까지 기다려 주면 같이 가서 통역해 줄 수 있어요…. 여긴 아무도 일본어를 하지 않거든요…."

"기다릴 수 없어!"

할머니가 외쳤다.

나도 더는 기다릴 수 없었고, 지각할 판이었다. 우리의 처지가 같았기에 나는 할머니에게 좋은 하루를 보내라고 인사한 뒤 자리를 떴다.

문턱을 막 넘으려는 찰나 할머니가 다시 나를 붙잡았다.

"엘리즈?"

"네?"

"내가 자는 방에 있는 너희 엄마 피아노 말인데…."

"네?"

"소리가 맞지 않는 것 같아, 조율이 안 됐어. 네 아빠가 언제 손볼 것 같니?"

나는 할머니에게 학교에 늦었다고 말하고는 자리를 피했다.

급식 식판 위에 포도 한 송이가 있었다.

나는 스텔라 맞은편 작은 테이블에 앉았다. 스텔라가 사스케 이야기를 하다가 한 입 먹는 틈에 내가 물었다.

"집을 정화한다는 게 무슨 뜻인지 알아? 할머니가 집을 정화해야 한다는 말을 계속 해."

스텔라는 평소처럼 내가 의견을 묻자 몹시 기뻐했다. 갑자기 정신 나간 사람처럼 흥분해서 의자 위에서 혼자 들썩이며 온갖 생각을 정신없이 쏟아내기 시작했다.

"아! 물론! 아하하하하, 알지! 정화는 악을 없애는 거야! 나쁜 기운을 쫓아내는 거지! 영혼을 달래는 거야! 왼쪽 어깨 너머로 소금을 뿌려! 검은 고양이 등에 깨진 거울 조각을 붙이기도 해! 정화! 좋은 출발을 하는 거지! 아하하! 나도 말이야, 정화를 자주 하는 편인데… 아악, 뜨거워!"

스텔라는 흥분해서 설명하던 중에 입에 넣은 라자냐 한 조각이 너무 뜨거운 바람에 말을 멈추었다.

그래서 한풀 꺾이긴 했지만 스텔라는 여전히 열정적으로 의성어와 요란한 몸짓을 섞어 가며 이야기했다. 말이 길어졌고, 평소 스텔라답게 조금 '과했다'. 그렇지만 적어도 진심에서 우러나온 활기차고 솔직한 반응이었다.

흥분을 가라앉힌 스텔라가 물을 꿀꺽꿀꺽 마시고는 나를 보며 빈 컵을 가리켰다. 나는 스텔라의 컵에 구원 같은 시원한 물을 따라 주었다. 스텔라는 물을 여기저기 흘리며 한번에 마셨는데 보기에 몹시 안 좋았다.

그런 다음 스텔라는 소리 내어 물을 삼킨 뒤, 아주 차분하게 결론을 내렸다.

"할머니가 집을 정화하고 싶어한다면, 아마 집안에 슬픈 기운이 있다고 느껴서일지도 몰라. 슬픈 기운을 씻어내야 한다는 거지, 이해하겠어? 정화는 그 장소에 있는 유령들을 위로하고 그들에게 '유령님, 편히 떠나세요. 문은 열려 있어요!'라고 말하는 거야. 난 사실 그거 되게 긍정적인 일이라고 생각해."

나는 스텔라가 나와 우리 엄마, 아빠 대신 행동하는 그 존재, 그리고 조율이 맞지 않는 피아노에 대해 눈치를 챘는지 잠시 궁금했다.

"엘리즈, 너도 너희 집에 어두운 기운이 있다고 생각해? 어쨌든 이 라자냐 진짜 맛있다."

스텔라는 내가 대답하지 않아도 되도록 라자냐 이야기를 꺼냈다.

나는 선택권이 있었다. 우리 집의 기운에 관해 이야기하던지,

아니면 급식에 나온 라자냐에 관해 이야기하던지.

나는 잠깐 고민한 끝에, 라자냐를 옆으로 밀어 두고 아주 단순한 진실을 털어놓았다.

"아빠는 엄마가 돌아가신 후로 엄마를 증오하는 것 같아… 사스케가 형을 증오하는 것처럼 말이야."

스텔라가 고개를 갸우뚱했다. 그 애는 세상에서 가장 진지한 표정으로 나를 바라보며 결론을 내렸다.

"그럼 너희 할머니가 집을 정화하는 게 잘하는 일 같아. 사스케가 오로치마루에게 저주인장[5]을 받은 뒤에 무슨 일이 벌어졌는지 잘 알잖아. 정말 끔찍했어."

나는 사스케가 오로치마루에게 저주인장을 받는다는 걸 전혀 모르고 있었는데, 스텔라가 세기의 스포일러를 해 버렸다. 화를 낼 수도 있었는데, 이상하게 기분이 좋아졌다. 아빠의 눈에 들어간 그것에 누군가가 이름을 붙여 준 건 이번이 처음이었다.

나루토의 궁극적인 적 오로치마루가 아빠에게 저주인장을 남긴 셈이었다… 이렇게 생각하자 지난 4년 동안 집에서 일어난 모든 일이 갑자기 이해되는 것 같았는데, 그게 꽤 마음에 들었다.

---

5) '저주인장'은 《나루토》에 나오는 기술로, 오로치마루가 상대의 몸에 새기는 표식이다. 이 표식을 받은 사람은 점점 그의 아래에 놓이게 되면서 육체와 정신에 강한 영향을 받게 된다.

소노카 할머니가 정화를 통해 우리를 오로치마루에게서 해방
해 줄지도 모른다는 생각이 들었다. 그러니 상황이 바뀔 가능성
이 있는 셈이었다.

그날 남은 시간 동안 나는 급식으로 먹은 라자냐 생각을 많이
했다. 정말이지, 아주 맛있었다.

15
단지 귤 몇 알

집에서 향냄새가 났다. 정말 강하게.

냄새가 너무 강해서 우리 집으로 가는 골목 입구에 들어설 때부터 느껴질 정도였다. 현관문 아래에서 회색 연기가 새어 나오고 있었고, 문을 열자 온통 회색빛이었다. 마치 유령이 들끓는 저택인 듯 할머니가 연기 소용돌이 한가운데서 유령처럼 나타났다.

할머니가 숨을 헐떡이며 나를 맞이했다.

"정화를 너무 많이 했어!"

할머니는 얼굴에 손부채질을 하면서 재채기를 두 번 했다.

나는 서둘러 창문을 열어 연기와 냄새가 조금이라도 가시게 했다. 할머니도 벚나무 쪽으로 난 유리문을 밀어 열고 부엌의 환

풍기를 켰다. 좀 웃기기도 했다. 할머니는 무슨 일이든 적당히 하는 법이 없었다. 할머니는 집을 정화하고 싶어했고, 정말이지 제대로 했다! 우리를 완전히 연기에 질식시킬 정도로. 연기가 도시 전체를 뒤덮고 주민들이 향냄새에 취해 파리처럼 쓰러질 정도로 말이다. 마지막 창문을 열면서 나도 모르게 웃음이 터졌다.

20분 정도 지나서야 숨을 좀 쉴 수 있는 상태가 되었다.

1월의 찬바람 속에 창문을 다 열어 놓으니 추웠다. 할머니와 나는 소파에 앉아 근처에 널려 있던 커다란 담요를 둘둘 감았다.

하지만 여전히 추웠다.

할머니는 담요 안에서 나를 꼭 끌어안았다. 내 생각엔 할머니가 추위를 핑계로 나를 안아 주려고 한 것 같았다. 이제 나는 그런 것이 낯설었다. 내 나이에 할머니한테 안겨도 괜찮은 걸까 잠시 고민했다. 엄마도 열두 살 때 할머니에게 안겼을까 궁금했다. 하지만 무엇보다 지금 이 순간 할머니가 누구를, 어떤 사람을, 어떤 영혼을 안은 건지 궁금했다. 엄마일까 아니면 나일까?

"네 엄마는 귤을 정말 좋아했어…."

할머니가 이 말을 꺼낸 순간, 추위가 사라졌다. 내 몸과 머릿속에 따뜻한 뭔가가 자리 잡았다. 몇 년 동안 아무도 나에게 엄마에 대해 얘기해 주지 않았다. 엄마 이야기를 더 들을 수만 있다면, 세상 누구든 안아 줄 수 있을 것 같았다. 할머니가 학교 정문 앞에서, 운동장 한복판에서 뽀뽀하다가 침을 묻혀도 상관없을 것 같았다. 할머니가 계속 엄마 이야기를 해 준다면, 할머니가 집에 불을 지른다 해도 괜찮을 것 같았다.

소노카 할머니가 한숨을 쉬더니 다시 말을 이었다.

"네 엄마가 어렸을 때 겨울이면 내가 벤토*에 항상 귤을 넣어 줬어. 어느 날 저녁에 학교에서 돌아와서는 귤 덕분에 겨울이 제일 좋아하는 계절이 되었다고 말했지."

할머니는 아주 작고 아주 짠 눈물을 흘렸고, 그 눈물은 담요 주름에 떨어져 소파 틈새로 스며들었다.

"엄마한테 줄 귤 샐러드를 같이 만들어 볼래?"

"그렇지만 엄마는 돌아가셨잖아요."

나는 이해하지 못한 채 말했다.

"돌아가셨다고 해서 엄마가 좋아할 만한 걸 만들지 못하는 건 아니잖니? 그렇지? 게다가 엄마도 지금 있는 곳에서 먹어야 하니까."

전혀 말이 되지 않았다. 돌아가신 엄마가 어떻게 우리 같은 평범한 인간이 준비한 과일을 먹을 수 있는지 이해할 수 없었다.

---

* 벤토는 일본에서 직장이나 학교에 가져갈 점심을 담는 우아한 작은 도시락 상자이다. 엄마는 학교 식당에서 밥을 먹는 다른 학생들이 질투할까 봐 나에게 벤토를 싸 주지 않았다.

하지만 한 가지는 확실했다. 나는 귤 샐러드를 만들고 싶어 안달이 났다. 이것을 몇 년 동안 기다려 온 것 같은 느낌이 들 정도였다. 그래도 나는 소심하게 고개를 끄덕였다.

우리는 창문을 닫고 부엌으로 가서 엄마를 생각하며 말없이 귤껍질을 벗기고 귤을 쪼갰다. 할머니는 귤을 예쁘게, 상하지 않게 쪼개도록 도와주었고, 붙어 있는 하얀 실을 제거한 뒤 넘치지 않으면서도 넉넉해 보이도록 그릇에 정갈히 담았다….

그냥 과일 샐러드일 뿐인데, 훨씬 더 큰 의미가 담겨 있는 것처럼 느껴졌다.

아빠가 퇴근하고 집에 들어왔을 때, 우리는 막 샐러드를 다 만든 참이었다.

소노카 할머니가 다짜고짜 아빠에게 말했다.

"오! 마침 잘됐네, 스미레에게 귤 샐러드를 막 주려던 참이었거든."

아빠도 내가 소파에서 담요를 덮고 있을 때처럼 따듯함을 느끼면 좋겠다고 간절히 바랐다. 하지만 아빠는 오로치마루에게 저주인장을 받은 상태라는 걸 기억해야 한다.

그래서 아빠는 할머니의 말에 얼어붙었다.

아빠는 문을 활짝 연 채로 문턱에 가만히 서 있었다. 찬 공기가 들어와 집 안 온도가 뚝 떨어졌다. 이가 떨릴 정도였다.

할머니는 추위를 무시했다. 할머니는 침착하게 말을 이었다.

"집에 딸 사진이 하나도 없네. 혹시 자네가 가지고 있는 건 없나? 아, 그리고 문 좀 닫아 줘, 얼어 죽겠어."

아빠는 몇 초 동안 꼼짝도 하지 않았다. 오로치마루가 아빠 안에서 날뛰는 것 같았다. 아빠는 불굴의 아다만티움[6] 벽을 두 겹으로 쌓아 올린 듯했다. 갑옷이 아빠를 영원히 돌처럼 굳게 만든 것 같았다. 아빠는 결코… 그런데 기적일까? 아빠가 코를 두 번 킁킁댔다. 여전히 집에 향이 가득했기 때문인데, 그것이 아빠를 멍한 상태에서 깨어나게 했다.

아빠는 문을 닫고 우리를 향해 돌아서더니 약간 딱딱하게 말했다.

"아니요. 이제 스미레 사진은 없어요."

아빠는 바위처럼 단단한 목소리로 말했지만, 나는 아빠의 목소리에서 균열을 느꼈다. 아빠의 갑옷에 금이 가고, 그 틈 사이로 예전 아빠의 잔재가 도움을 요청하는 것 같았다. 내 생각엔 할머니가 나보다 훨씬 전에 그 소리를 들은 것 같다. 아마도 그 소리를 지구 반대편, 일본에서 들었을 것이다. 할머니는 귀가 밝은 분이니까.

---

[6] 마블 세계관에 등장하는 상상의 금속으로 파괴되지 않을 만큼 단단하다고 여겨진다.

"괜찮아, 나한테 있으니."

할머니는 여행 가방 쪽으로 가더니, 마치 세상에서 가장 자연스러운 일인 듯 그 안에서 엄마 사진이 들어 있는 액자를 꺼냈다. 할머니는 그 액자를 식탁 위의 귤 그릇 앞에 놓았다.

엄마.

난 못 하겠다. 4년 만에 엄마의 얼굴을 다시 본 기분을 뭐라고 설명할 수 있을지 모르겠다.

내 머릿속에 있던 모든 퍼즐 상자들이, 매일 정성껏 맞추던 그 모든 조각들이 내 마음 깊은 곳의 큰 상자 안에서 뒤죽박죽 엉키고 마구 흔들리는 느낌이었다. 어지러웠다.

엄마는 거기에 있었다. 거기 있지만, 동시에 없었다. 엄마는 아무것도 요구하지 않았지만 우리는 엄마에게 귤을 주었다. 엄마는 나와 닮았지만 내가 아니었다.

나는 지금이 아닐까 생각했다. 귤과 향냄새와 아빠의 갑옷에 생긴 틈 사이에서 지금이 **그 질문**을 꺼내야 할 때가 아닐까 생각했다.

나는 용기를 끌어모아, 집 안의 정화된 공기를 마셨다. 그런데….

아빠가 우는 것을 보았다.

많이 울지는 않고, 두 줄기의 가느다란 눈물이 볼을 타고 흘러 마룻바닥에 떨어져 반짝였다. 할머니는 아빠의 등을 두드리며 "요시 요시(됐어, 괜찮아)."라고 중얼거렸다. 할머니의 눈이 반짝였다.

그래서 나는 내 질문을 삼키고 아빠를 그대로 두었다.

나도 어쩔 수 없었다.

아빠가 4년 만에 처음으로 양파 없이 흘린 눈물이었으니까.

16
할머니 대
오로치마루

아빠의 갑옷에 난 상처는 하룻밤 사이에 아물었다.

양파 없이 눈물을 흘린 그 월요일 저녁 이후, 나는 엄마가 돌아가시기 전의 모습으로 아빠가 되돌아가기를 바랐다. 하지만 오로치마루에게는 재생능력이 있는 것 같다. 아빠가 다음 날부터 그 어느 때보다 더 멀어졌고, 세상과 단절된 것처럼 보였기 때문이다.

할머니는 일주일 내내 집을 계속 정화했다.

여전히 향을 피우긴 했지만 이제는 양을 좀 적당하게 조절했다.

대신 할머니는 기회가 있을 때마다 엄마 이야기를 했다. 마치 우리의 삶이 거기에 달려 있는 것처럼.

딸과의 행복한 추억을 이야기할 때면, 할머니는 이를 다 드러내며 활짝 웃었다. 이제 딸을 위해 요리를 해 주지 못해 아쉽다고 털어놓으며 뜨거운 눈물을 쏟기도 했다. 할머니는 매일 엄마가 작곡한 노래를 흥얼거리며 거실에서 엉덩이를 흔들고 어깨를 들썩였다.

나는 세상을 떠난 사람에게 이렇게 많은 자리를 내줄 수 있다는 생각을 한번도 해본 적이 없었다. 지난 4년 동안 아빠의 침묵과 비밀 속에서 끝없이 이어지는 잿빛 같은 11월을 살았는데, 할머니는 우리 집에 햇살과 비를 들여오고 있었다!

나는 할머니가 뿌려 준 3월의 소나기 아래에서 평생을 살고 싶었다. 할머니가 나눠 준 웃음과 눈물과 이야기들 속에서. 이 모든 것이 절대로 끝나지 않기를 바랐다.

불행히도 할머니에게는 적이 하나 있었다. 바로 오로치마루였다.

할머니가 엄마의 노래를 흥얼거리는 걸 그 뱀에게 들키기라도 하면, 그 뱀은 아빠에게 TV 앞에 가라고 명령했고 소리를 점점 키우게 했다. 우리가 손가락으로 귀를 막고, 할머니가 피아노 방으로 들어가 버릴 때까지. 할머니가 아빠 앞에서 너무 오랫동안 엄마와의 추억을 이야기하면, 아빠는 할머니의 말을 끊고 내

학교 성적 이야기를 꺼내거나, 아니면 동네 슈퍼에서 있었던 따분하고 지루한 일을 매번 프랑스어로 세세하게 이야기했다. 이게 다 할머니를 꼼짝 못 하게 만들기 위해서였다.

하지만 최악은, 바로 귤이었다.

첫 월요일부터 할머니는 누구도 거스를 수 없는 규칙 하나를 만들었다. 매일 아침 엄마 사진 아래 놓인 작은 그릇에 담긴 시든 귤을 신선한 귤로 바꾸는 것이다.

할머니는 담담하게 말했다.

"스미레는 너무 무르거나, 상한 귤은 먹고 싶지 않을 거야."

하루 지난 귤은 새들과 곤충들이 먹을 수 있도록 정원 구석에 조심히 갖다 둬야 했다. 아무것도 버려지지 않았다. 그것이 삶의 순환이었다. 그리고 그건 엄마가 그곳에서 우리의 사랑을 먹을 수 있는 방법이기도 했다.

물론 아빠는 그 주 내내 귤을 바꾸지 않았다.

죽은 아내를 기리라고 할머니가 부드럽게 나무라도 아빠는 아무 반응이 없었다. 하루가 끝나 갈 무렵, 귤이 든 그릇 앞을 지나칠 때면 아빠는 눈길을 딴 데로 돌렸다.

심지어 처음 나흘 동안 아빠는 우리를 방해하기까지 했는데 나는 믿을 수가 없었다.

화요일, 수요일, 목요일, 금요일 아침마다 우리가 엄마를 위해 갖다 놓은 과일을 아빠가 쓰레기통에 버리는 모습을 목격한 것이다. 새로 놓은 귤을! 우리가 엄마를 위해 준비한 신선한 과일을 버리다니! 출근하기 전에 임무를 수행하는 로봇처럼. 사진 옆의 그릇이 잘못 놓이기라도 한 듯, 안에 든 것을 싱크대에 버려야 할 정도로 그릇이 더럽기라도 한 듯.

저녁에 그 일을 아빠에게 말해 줬을 때 아빠는 놀라는 척하더니, 기억나지 않는다거나 우리가 지어낸 이야기라며 대수롭지 않게 넘겼다.

할머니는 망연자실했고, 나는 그걸 눈치챘다. 하지만 할머니는 낙담하지 않았다. 아빠의 기억상실증을 경멸하지 않으면서도 당당한 태도를 보였다. 믿음을 잃지 않는 사람의 얼굴이었다.

할머니의 표현대로라면, 할머니는 느린 마법을 믿고 있었다.

토요일에 아빠는 귤을 버리지 않았다.

아주 작은 승리였다.

그리고 일요일, 또 다른 기적이 일어났다. 아빠 안의 무언가가 저주인장의 지배에서 벗어났다.

아빠는 아침 9시쯤 거실로 나왔다. 나는 오래 갖고 있던, 달빛 아래 부엉이 그림이 그려진 200조각짜리 쉬운 퍼즐을 테이블 위에서 맞추고 있었다. 할머니가 나를 도와주겠다고 했고, 나는 할머니랑 맞추면 기록이 나빠질 걸 알면서도 같이했다.

그때 아빠가 꿈 이야기를 시작했다. 정말 뜬금없이 나온 말이었다. 우리의 세상이 끝난 뒤 처음 있는 일이었다. 아빠는 꿈에서 두더지가 정원에 숨어 있었다고 말했다. 아빠는 분홍색 고무장갑을 끼고 그 두더지를 잡으려고 했지만 매번 놓쳤다고 했다. 두더지가 정원 여기저기에 구멍을 파서 짜증이 났고, 그 탓에 쉴 수가 없었다고 했다. 꿈속에서 아빠는 느리게 두더지를 쫓아갔지만, 할머니와 나는 빠르게 달렸다고 말했다.

"정말 느리게 움직여서 진짜 답답했어."

아빠가 말을 마쳤다.

나는 그 추격전의 끝이 어떻게 됐는지 듣지 않았다.

아빠가 꿈 이야기를 하면서 서랍에서 그릇을 꺼냈기 때문이다.

아빠는 그릇에서 귤을 하나 집어 들었다.

아빠가 잔디밭에 뚫린 구멍의 크기를 묘사하면서 조심스럽게 귤을 까는 모습에 할머니와 나는 할 말을 잃었다.

잠시 후 아빠는 우리를 바라보았고, 놀란 내 얼굴과 할머니의 미소를 보고는 말을 멈췄다.

"왜 그래요? 역시 내 꿈이 이상하다고 생각하시죠?"

우리가 자신의 손을 쳐다보는 것을 보고 아빠는 아래를 보았다. 아빠가 방금 막, 엄마 사진 아래 새 그릇에 신선한 귤을 담은 참이었다.

집 안의 시간이 멈췄다. 아빠는 자신의 목소리와 그 존재의 목소리 사이에서 이러지도 저러지도 못했다. 한 목소리는 아빠에게 쓰레기통에 다 버리고 방에 들어가 꼼짝 말라고 명령했다. 다른 목소리는 과거 어느 날 아침 귤이 그들을 웃게 했던 기억을 상기시켰다. 엄마와 아빠는 테이블을 돌며, 서로의 얼굴에 귤껍질을 던지고, 그 후에는 귤 향이 나는 키스를 했었다는 것을….

할머니는 아빠에게 다음으로 어떤 행동을 해야 하는지 알려주었다.

"어제 남은 귤 조각은 정원에 갖다 놓게나. 새들이랑 곤충들이 먹을 수 있도록."

나는 앵무새처럼 곧바로 따라 말했다.

"새들이랑 곤충들이 먹을 수 있도록."

다시 잠시 침묵이 이어진 뒤 나는 또 말했다.

"새들이랑 곤충들이 먹을 수 있도록."

아빠는 우리의 얼굴을 읽어내려 애썼고, 향을 피우는 늙은 마녀와 앵무새 같은 딸의 부탁이 무척 중요한 것임을 알아차렸다. 아빠는 무심코 정원으로 향했고, 유리문을 열고 어제의 과일을 새들과 곤충들이 먹을 수 있게 두었다.

　아빠가 밖에 있는 동안 할머니와 나는 동시에 엄마의 사진 아래에 있는 그릇 쪽으로 달려갔다. 우리는 손끝으로 조심스럽게 귤을 집어 들고 살펴본 뒤 미소를 지었다.

　아빠는 귤락까지 다 떼어냈다.

17

과거의 작품

드드농 선생님은 이번 월요일 아침에는 요란하게 교실에 들어오지 않았다.

어쨌든 평소와 같은 요란함은 아니었다.

선생님은 쭉 뻗은 팔로 커다란 상자를 안고 미술실 문을 통과하더니, "쿵" 하는 엄청난 소리와 함께 책상 위에 내려놓았다. 그런 다음 의자에 털썩 주저앉더니 눈물을 흘렸다…. 다시 생각해보니, 어쨌든 이것도 요란한 입장이긴 했다.

우리는 선생님이 가을 같은 울음을 길게 터뜨리는 모습을 당연히 존중하면서도 약간은 당혹스러워하며 바라보았다. 스타니슬라스와 티보를 비롯한 몇몇 학생들은 곁눈질로 서로를 바라보며 이게 장난인지 진짜인지 눈치를 봤다. 스텔라가 먼저 나섰다.

"괜찮으세요, 선생님? 음… 무슨 일인지 말해 주실래요?"

드드농 선생님이 일그러진 얼굴을 들고 우리를 바라보았다. 서너 번 시끄럽게 코를 훌쩍인 뒤 고개를 끄덕였다. 교실 안에 의미심장한 침묵이 감돌더니 선생님이 우리를 향해 말했다.

"여자친구가 어제 아침에 떠났어!"

반 전체가 놀라움과 연민, 혹은 그저 형식적인 반응으로 "오." 하며 감탄사를 터뜨렸다.

"사귄 지 칠 개월 됐는데!"

다시 "오." 하는 소리가 났다. 이번에는 분노가 섞였다.

"나한테 한 번도 내 재능을 믿은 적이 없다고 말했어. 나는 프리다 칼로 같은 사람이 아니라 정신 나간 여자라고. 나는 결코 그런 진정한 **아티스트**가 될 수 없을 거라고!"

교실에서는 더 이상 '오'라는 소리가 나지 않았다. 몇몇 학생들이 조용히 고개를 끄덕였다.

"내 아파트의 빈티지 인테리어도 한번도 좋아한 적이 없고… 내가 만든 카르보나라도 좋아한 적이 없고… 내가 그린 단색 누드화는 더더욱 싫었대!"

드드농 선생님이 다시 큰 소리로 울기 시작했다. 스텔라는 선생님께 민트 향이 나는 휴지를 가져다주었다.

"고마워, 고마워."

드드농 선생님은 민트 향 휴지에 코를 풀더니, 책상 위의 큰 상자를 가리키며 말을 이었다.

"지난 칠 개월 동안 그녀가 우리 집에 놓고 간 것들을 이 상자에 모았어. 거기서… 오늘 내줄 과제의 주제가 떠올랐어."

반 아이들이 눈을 휘둥그레 떴다. 상황이 예상치 못한 방향으로 흘러가기 시작했다. 이번에는 또 무슨 일을 겪게 될까?

"이제… 다니엘라와 나는 끝이야! 그녀가 나를 미래도, 기쁨도 없는 현재에 가두었으니까! 우리의 이야기는 이제 지나갔고 끝장났어. 그래서 여러분에게 낼 과제는 바로 이거야. **과거의 작품을 가지고 한층 더 완벽한 현재로 만들기!**"

솔직히 선생님의 말이 끝났을 때, 선생님이 번개에 맞거나 교실의 전구가 나갔다면 우리는 마치 영화 속에 있는 줄 알았을 것이다. 선생님은 깊은 절망 속에서도 극적인 연출 감각을 잃지 않았다.

선생님이 구체적인 설명을 덧붙였다.

"여러분은 각자 이 상자에서 다니엘라의 물건을 하나씩 가져가서 우리 둘의 파묻힌 과거에 속한 이 유물로 하나의 작품을 만들어야 해…. 아름다운 미술 작품을 만들어서 책상에 선물처럼 올려놓도록 해. 나에게 더 나은 날들을 꿈꾸게 해 줄 그런 선물… 맞아, 선물…. 하지만 아무 선물은 안 돼. 더없이 완벽한 현재, 바로 그런 선물이어야 해.”

선생님은 헝클어진 머리를 어루만지면서 다리를 절룩이며 창가로 걸어갔다. 그리고 창문에 비친 자신의 모습을 바라보며 말을 이었다.

“작품은 다음 주에 제출하세요. 가능하면 내 어깨에 손을 얹고, 왜 내가 사랑받을 자격이 있는지 상기시켜 주면서요.”

교실은 조용했다.

“시작해도 좋아요.”

우리는 일제히 미술 선생님과 그녀의 옛 연인인 다니엘라의 가장 사적인 물건들이 담긴 상자로 몰려갔다.

나는 별로 운이 없어서 끝에서 두 번째로 도착했다. 어떤 친구들은 베개, 브래지어, 스페인에서 찍은 다니엘라의 사진, ‘사랑해 나의 음메.’라고 적힌 양 모양 양말을 챙겼는데, 나는 스물여덟 장짜리 카드 한 팩을 갖게 되었다. 스물여덟 장이 된 이유는 킹 카드 네 장이 빠져 있기 때문이었다…. 도대체 이걸로 뭘 만들 수 있을까? 어떻게 하면 과거의 이 유물로 더없이 완벽한 현재를 만들 수 있을까? 어떻게 우리의 삶과 슬픔을 소중히 여길 현재로 만들 수 있을까? 아빠는 할머니의 귤 덕분에 기쁨으로 가는 길을 되찾을 수 있을까?

종이 울릴 때까지 나는 생각에 잠겨 있었다.

나는 내 물건들과 카드 한 벌, 그리고 깊은 생각까지 가방 안에 집어넣었다. 드드농 선생님의 과제는 정말이지 매번 머릿속을 어지럽힌다.

스텔라와 나는 마지막으로 미술실에서 나왔고, 한 번 돌아서서 별난 선생님에게 인사를 했다.

드드농 선생님은 우울한 표정으로 미소 지으며 힘없이 손을 흔들었다. 그 모습은 선생님이 괜찮아질 거라고 말하면서도, 전혀 괜찮지 않다는 걸 동시에 말해 주었다.

이상하게 여길 수도 있지만, 그날 후로 드드농 선생님은 내가 제일 좋아하는 선생님이 되었다. 내가 이 새로운 감정을 털어놓자, 스텔라가 곧바로 대꾸했다.

"나는 첫 수업 때부터 그 선생님이 제일 좋았어. 우리 인생에 저렇게 또라이가 있다는 건 진짜 행운이야. 운이 좋은 거야. 선생님이 엄청 열정적이잖아."

스텔라는 말을 마친 후 눈을 대여섯 번 깜박였다.

그 애는 무지개 위에서 기타를 치는 유니콘이 그려진 스웨터를 입고, 금발 머리는 그 어느 때보다 헝클어져 있다. 만화 캐릭터와 사랑에 빠졌고, 선생님들에게 민트 향이 나는 휴지를 주는 아이다.

그 애는 나의 가장 친한 친구다.

18
그 애가 나에게
그 질문을 했다

그 수업이 끝난 후 우리는 평소처럼 스텔라네 집으로 갔다.

우리는 스텔라의 방에 들어서자마자 책가방을 바닥에 내던지고는 곧장 컴퓨터 앞으로 달려갔다. 《나루토》가 우리를 기다리고 있었다.

"사스케는 더 이상 못 기다릴 거야…."

스텔라가 단호하게 말했다.

주황색과 파란색 튜닉을 입은 닌자 에피소드 네 편이 너무나 강렬해서 우리는 스텔라 엄마가 방에 놓아둔 잼 바른 빵에도 손대지 않은 채 단숨에 봤다. 스텔라 엄마는 딸의 소굴에 들어오자마자 우리를 방해하면 안 된다는 걸 금방 알아차렸다. 우리는 "아!", "오!", "그래!", "안 돼!"라고 외치며 몰입해 보면서 온갖 표정을 지었고, 서로의 어깨를 움켜쥐며 함께 반응했다. 방에 몰래카메라가 있었다면 우리는 프랑스와 일본 유튜브에서 웃음거리가 됐을지도 모른다….

네 번째 에피소드가 끝났을 때 나는 너무나 숨이 찼고, 스텔라에게 물 한 잔 마셔도 되는지 물었다.

"나도 한 잔 마셔야겠다."

스텔라가 방을 나가며 말했다.

나는 촌스럽고 고풍스러운 스텔라의 방에서 《나루토》와 만화, 애니메이션… 그리고 일본을 생각하며 얌전히 기다렸다.

아빠가 엄마를 위해 귤 접시를 바꿔 놓았으니, 내가 일본 애니메이션 보는 것을 이제는 허락할지도 모른다. 아빠가 젊었을 때 《드래곤볼》을 좋아했으니까, 추천해 줄지도 모른다. 할머니가 돌아가고 나면, 아빠가 직접 귤을 사 올까? 엄마 사진을 주방에 계속 둘까? 그럼 이번 여름에는? 귤은 겨울에 나지 않나? 마트에서 귤이 사라지는 여름이 되면 엄마는 무엇을 먹고 싶어 할까? 피아노 위에 곧 먼지가 쌓이게 될까? 할머니가 걱정돼서 4년 뒤에 또 우리를 보러 오면, 나는 그때도 피아노 주변의 양털 같은 먼지를 털고 있을까?

겨우 물 한 잔을 기다리면서 이렇게 복잡한 질문들이 떠오르다니 정말 이상했다.

'장안의 화제인 물 한 잔에 관해 이야기해 보세요!' 이게 드드 농 선생님의 다음 과제일지도 모른다….

"엘리즈, 무슨 일이야?"

스텔라는 두 개의 큰 유리컵을 손에 들고 방으로 돌아왔다. 그리고 특유의 다정하고도 강렬한 눈길로 나를 바라보았다. 그녀의 눈은 커다란 Ô 모양이었고, 눈썹은 그 위에 있는 아주 작은 물결표처럼 보였다.

"왜 울어? 사스케 때문에?"

내가 울고 있었나? 여기서? 스텔라네 집에서? 스텔라 엄마가 나를 질투하게 만들지도 않았는데?

뺨을 만져 보니 정말 젖어 있었다. 스텔라가 들고 있던 유리컵 표면처럼. 물을 마시면 더 울게 될까?

스텔라는 유리잔 두 개를 방바닥에 내려놓았다. 막대기로 등을 쓰다듬으면 개구리 울음과 비슷한 소리가 나는 개구리 모형 옆이었다.

스텔라가 침대 위 내 옆에 앉았다.

"나는 네 말을 듣고 있어, 알지? 우린 친구잖아. 친구끼리는 어려운 일이나 사소한 일도 다 털어놓는 거야! 내 말은… 우리가 괜히 《나루토》를 보는 게 아니잖아. 《나루토》는… 우정의 힘이거든."

스텔라가 양손으로 커다란 하트를 만들며 말을 마쳤다.

나는 4년 전에 아빠와 했던 모든 약속들을 생각했다. 그중 몇 개는 어겼고, 더 많이 어기고 싶기도 했다. 나는 착한 딸은 아니지만 아빠를 더 잘 보호해야 한다는 생각은 했었다…. 그동안 내 걱정을 삼키고 드러내지 않으려고 했지만, 스텔라가 열 손가락으로 만든 하트를 보니 우정의 힘을 외면할 수 없었다. 나는 스텔라에게 마음을 열었다.

나는 할머니와 함께 보낸 일주일, 아빠의 갑옷에 두 번이나 금이 갔던 일, 지난 4년 동안의 규칙과 양파들, 원래 집에서 쓰면 안 되는 일본어에 대해서도 이야기했다. 사실 나는 반은 일본인이라는 사실도 털어놓았다. 엄마는 교토에서 태어났다는 것도, 할머니가 다음 주에 떠나시면 집에서 더는 엄마 이야기를 할 수 없게 될까 봐 두렵다는 얘기도 했다. 그러니까, 사람들이 말하듯 내 삶을 이야기했다. 네 개의 작고 따뜻한 눈물방울들이 떨어져 발밑에 있던 물컵이 넘쳤다.

잠시 침묵이 흐르고, 스텔라가 내 이야기를 곱씹은 뒤 나에게 **그 질문**을 던졌다. 매우 조심스럽게, 매우 정중하게, 내가 세상에서 가장 궁금해하던 **그 질문**, 그리고 아빠에게 절대 할 수 없던 바로 **그 질문**을 스텔라가 나에게 던졌다.

"내가 물어봐도 되는 건지 모르겠지만, 물론 네가 괜찮다면."

스텔라는 조심스럽게 물었다.

"모르겠어."

나는 단숨에 답했다.

그리고 또다시 너무나 울고 싶었기 때문에 발밑에 있던 물컵을 단숨에 비웠다. 눈물이 또 떨어져 넘치지 않게 하려고 그랬다.

스텔라는 내가 이제까지 본 중에서 가장 큰 O자 모양의 눈으로 나를 바라보았다. 만약 눈을 더 크게 떴다면 스텔라의 눈썹이 머리카락에 묻혀 사라질지도 모를 정도였다.

"그런데 엘리즈, 정말 심각한 문제야. 진짜 진짜 중요한 거야. 넌 그걸 모르면 안 돼. 그건… 아주 아주 근본적인 거야!"

정말로 아주 아주 그런 걸까? 지난달 드드농 선생님이 과제로 내준, 아주 아주 세련된 선들을 넣은 상자가 떠올랐다. 갑자기 숨이 가빠지고 가슴이 쿵쾅거렸다. 너무 많았다. 오늘 하루치 감정이 너무 많았다. 나 같은 아이에겐 너무 많은 감정이었다.

"그 얘기 이제 그만하면 안 될까? 집에 가야 해."

스텔라의 얼굴에 여러 알파벳 글자들이 빠르게 지나갔고, 이 모든 글자들이 섞이는 놀라운 장면이 펼쳐졌다. 나는 친구의 얼굴이 그렇게까지 유연하다는 사실에 감탄했고, 그 덕분에 불안이 조금 가라앉았다.

스텔라의 얼굴은 천천히, 그녀가 가장 자주 짓는 A자 표정으로 돌아왔다. 스텔라는 어색해하면서도 기쁜 척, 미래를 향해 열려 있는 척하고 싶어했다….

그게 내 마음을 움직였다.

무척이나 감동해서 내 입에서 예쁜 말이 나왔다.

"토요일 저녁에 우리 집에서 밥 먹고 자고 갈래? 그러면 우리 할머니도 만날 수 있어."

이상하게도 스텔라가 거절할까 봐 걱정이 돼서 마음을 끌 만한 이유를 덧붙였다.

"우리 할머니는 진짜 일본인이야."

미안해요, 미안해요, 할머니, 할머니를 토요일 저녁 구경거리로 만들어서….

"아, 엘리즈, 정말 기쁠 것 같아… 정말…."

스텔라는 너무 흥분해서 사방팔방으로 몸을 흔들기 시작했다.

"당연히 그러고 싶지! 완전 신나, 완전 황홀해, 완전 열광이야, 완전 초월적이야! 나는, 나는… 나는 천국에 있어어어어!"

스텔라는 창문을 열고 하늘을 향해 "나는 천국에 있어!"라고 외쳤다. 멀리서 이웃이 소총을 발사했다. 스텔라는 창문을 닫고 다시 나에게 다가왔다.

"정말 행복해! 있잖아, 나… 나… 나는 태어나서 한번도 친구 집에 초대받은 적이 없거든."

스텔라는 본능적으로 얼굴 표정을 A자 모양으로 만들었다. 하지만 이번에는 녹아내리는 A였다. 스텔라도 울음을 꾹 참고 있다는 걸 분명히 알 수 있었다. 나는 스텔라의 어깨에 손을 올렸다.

"먼저 아빠에게 허락을 받을게, 알았지? 집에 손님을 초대한 지 오래되었거든."

4년, 할머니 외에 집에 누가 오지 않은 지 4년이 넘었다.

"응, 응, 물론이지. 나도 엄마의 허락을 받아야 해."

나는 외투를 입고 헤어지기 전에 몇 가지를 덧붙였다.

"근데 스텔라, 우리 집에 오면 엄마 얘기는 금지야, 알겠지? 그리고 아빠에게도, 일본인 할머니에게도 내가 말한 것 전부 얘기하면 안 돼, 알겠지?"

스텔라는 어린아이들이 맹세할 때처럼 왼손을 심장 위에 얹고 오른손 손가락 세 개를 얼굴 높이에 들어 올렸다.

"약속할게! 나무 십자가, 쇠 십자가, 만약 내가 거짓말을 하면… 너 나를 알잖아! 나는… 나는 홍합처럼 입을 꾹 다물고 있을게, 껍질이 꽉 닫힌 굴이 될 거야, 나는 진짜 메기가 될 거야, 뻐금뻐금…."

---

7) 프랑스에서는 잉어가 말이 없다는 것에 빗대어 입을 다물고 있겠다는 뜻으로 '잉어'를 쓰기도 한다.

“잉어.”[7]

“그래, 잉어가 될게, 진짜 잉어, 나답게.”

그리고 스텔라는 즉시 입술을 볼 안쪽으로 빨아들여 물고기 입 모양을 만들었다. 스텔라는 그 자세 그대로 거울을 들여다보더니, 약간 히스테릭하게 “히히히.” 하고 세 번 웃고는 덧붙였다.

“나 너무 웃겨!”

혼자 집에 가는 길에 나는 물고기 입 모양을 만들어 보았다.

나도 마음만 먹으면 웃길 수 있었다.

19
나는 《드래곤볼》을
더 좋아했어

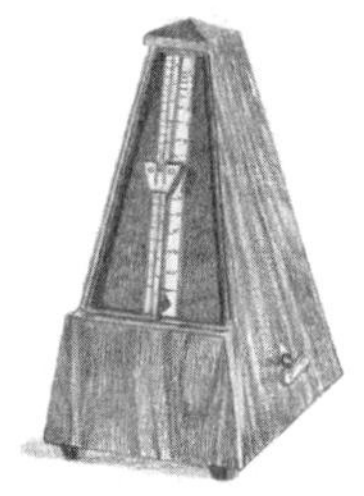

나는 스텔라가 이번 주 토요일에 우리 집에서 자도 되는지 아빠에게 물어볼 생각을 하며 집에 돌아왔다.

왜 그런지 모르겠지만 그런 부탁을 하는 게 조금 겁이 났다. 하지만 아빠가 허락할 거라고 거의 확신했는데, 나에게 새로운 친구를 사귀라고 계속 말한 사람이 바로 아빠였기 때문이다. 내가 외로움을 벗어나는 것, 그게 아빠가 바라던 게 아닐까?

무엇보다도 스텔라가 피아노 방에 남아 있는 먼지를 알아차리고, 집에서 양파와 눈물 냄새를 맡을까 봐 걱정이 됐다. 그렇지만 할머니가 계시니까 분위기를 좀 맞춰 줄 것이다. 그래, 할머니와 향, 귤도 있으니 우리는 괜찮은 저녁 시간을 보낼 수 있을 거야…

게다가 스텔라는 아빠의 갑옷에 다시 금이 가게 할 수 있을지
도 모른다.

그럴 수 있는 사람이 있다면, 바로 스텔라일 것이다. 스텔라
는 사스케의 비밀 기술을 모두 알고 있으니까. 오로치마루가
실재로 존재한다면 스텔라는 그의 모든 공격을 막아 낼 수 있
을 것이다.

내가 집에 왔을 때 할머니는 피아노 방에서 엄마의 음반을 찾
고 있었다….

"이해가 안 가. 스미레가 CD를 보관하던 곳이 여기 아닌가?
CD를 팔아 버린 거야?"

"아니요, 안 팔았어요…."

"그럼 어디에 있어?"

나는 망설였다. 뭐라고 대답해야 할까? 아빠를 보호할 말? 아
니면 진실? 잠깐의 시간이 흐르고… 나는 거짓말을 하지 않는
선에서 아빠를 보호할 말을 찾았다.

"아빠한테 물어보세요. 아빠가 관리했어요…."

"아, 그렇구나…."

그런 뒤 할머니는 세상에서 가장 자연스러운 일인 것처럼 엄
마에 대해 이야기했다. 엄마가 피아노를 얼마나 좋아했는지, 가

벼운 멜로디만 연주해도 비 오는 날을 햇살처럼 환하게 만들곤 했던 그 솜씨에 대해서 이야기했다. 그러고는 슬쩍 덧붙였다. 엄마의 직업이 엄마를 멀리, 어쩌면 너무 멀리 데려갔지만, 그곳이 엄마가 있어야 할 곳이라고….

나는 마지막 문장을 이해하지 못했다.

할머니에게 더 설명해달라고 말하려는데 아빠가 집에 왔다.

아빠는 조금 더 가벼워 보였다. 아마도 사랑했던 여자의 사진 밑에 귤 조각을 놓아두면, 마음의 짐이 조금은 덜어지는 걸까…. 어쨌든 나는 용기를 냈다. 나는 할머니에게 양해를 구하고 아빠에게 조심스럽게 다가가 떨리는 목소리로 물었다.

"아빠, 이번 주 토요일에 스텔라가 우리 집에 자러 오면 좋겠어. 그래도 될까?"

이 말을 하는데 심장이 너무 세게 뛰어서 관자놀이에서 느껴질 정도였다. 왜 그럴까? 내가 스텔라에게 많은 걸 짊어지게 하는 걸까? 친구에게 어떤 부담을 주는 걸까?

아빠의 대답은 터무니없을 정도로 간단했다. 그래서 나는 당황했고, 마음속으로 야단법석을 떨었던 게 좀 바보같이 느껴졌다.

"그래."

무뚝뚝하지만 긍정적인 답변이었다. 그 말에 마음이 편해졌다.

"교자 파티를 하자!"

할머니가 피아노 방에서 외쳤다. 할머니는 우리 쪽으로 달려왔다.

"친구의 이름은 뭐니?"

"스텔라요."

"스테라?"

일본인인 할머니에게 '스텔라'는 어려운 발음이다. 할머니는 무심결에 아직도 나를 '에리스'라고 부른다.

"네, 스테라요."

나는 할머니가 틀린 건 아니라고 생각한다.

"스테라 짱은 교자를 좋아할까?"

나는 스텔라가 '스테라 짱'이라고 불리는 것을 들으면 기뻐할 거라고 생각했다. 비록 이름이 조금 달라지더라도 말이다.

"분명히 좋아할 거예요. 일본 문화에 관심이 많거든요."

"아, 그래?"

아빠가 끼어들었다.

아빠가 관심을 보여서 나는 놀랐다. 아빠가 일본 문화에 관심이 많은 친구에게 흥미를 보이다니….

나는 좀 더 나아가 보기로 했다. 그냥 시험 삼아….

"응, 우리는… 매주 월요일 오후에 《나루토》를 같이 봐. 스텔라가 애니메이션을 엄청 좋아하거든."

집 안이 조용해졌다.

마침내 아빠가 입을 열었다.

"그럼 너도 스텔라와 같이《나루토》보는 거 좋아해?"

나는 망설였다… 그리고 솔직하게 대답했다.

"어… 응, 나도《나루토》가 좋아. 아빠."

다시 한 번 침묵. 이번엔 조금 더 길게. 내가 규칙을 어겼다고 아빠가 나를 꾸짖을지, 아니면 오로치마루가 얼음 같은 갑옷 안에서 아빠에게 불호령을 내릴지 궁금했다. 아빠는 고개를 옆으로 돌리고 엄마 사진을 바라보았다…. 그리고 이렇게 고백했다.

"나는《드래곤볼》을 더 좋아했어."

세상의 모든 여자아이와 남자아이들은, 자기 아빠가《드래곤볼》을 좋아했다는 고백을 하면 천장을 뚫을 정도로 기뻐할 테지만, 나는 그 이상이었다.

아빠는 비공식적으로 우리 삶의 다섯 번째 규칙을 끝내 버린 것이다.

나는 어린아이처럼 치아가 다 보이도록 활짝 웃었다. 그것은 내가 4년 만에 아빠에게 보내는 가장 진심 어린 미소였다. 나는 더 이상 묻지 않고 계단을 성큼성큼 올라 내 방으로 갔다. 흰동가리 퍼즐 상자를 열고 최대한 빨리 퍼즐을 맞추면서 아주아주 빠르게 말을 했다. 누구에게 말을 하는지는 모르겠지만, 그 사람에게 토요일에 가장 친한 친구가 우리 집에 오고, 교자를 먹기로 했다고 말했다. 오로치마루는 그저 시시한 악당일 뿐이고, 지금 이 순간은 완벽 그 자체라고 말했다. 오늘 울긴 했지만 아주 좋은 하루를 보냈으며, 언젠가 《드래곤볼》에도 관심을 가질 거라고 말했다.

나는 사랑하는 사람에게 말하듯 퍼즐 조각에게 말했다. 이 모든 이야기를 일본어로 말이다.

20
멋진 한 주

화요일 저녁, 아빠가 나에게 줄 선물을 가지고 왔다.

또 다른 퍼즐, 500조각! 그냥 퍼즐이 아니었다. **나루토** 퍼즐이었다. 아빠가 집에 《나루토》 세계를 들여놓은 것을 보며, 나는 아빠가 세상의 끝에서 돌아올 것이라는 희망을 갖게 되었다. 내가 제일 좋아하는 애니메이션 퍼즐을 맞추는 모습을 상상하자 마음속 조각들이 다시 맞춰지는 듯했다. 그것은 내가 좋아하던 나의 모습에 관해 말해 주었다. 나는 청소년에 가깝지만, 엄마 나라의 애니메이션 퍼즐을 맞추며 프랑스에 사는 아이였다.

나에게 있는 두 가지 특징이 아주 아주 만족스러웠다.

"바로 할래!"

나는 엄청 신이 났다. 이렇게 열광적으로 들떠 본 게 언제인지 기억도 안 날 만큼.

정말 오랜만이었다!

"삼십 분 안에 밥 먹을 거야."

아빠가 상기시켜 주었다.

"시작해도 되는데 끝내는 건 나중에 해."

나는 계단에서 "알겠어."라고 대답했다.

아빠가 저녁을 먹으라고 불렀을 때 나는 이미 80개의 조각을 맞춘 상태였다. 나는 다음날 계속하기로 했다.

아래층에 내려갔을 때, 할머니가 막 상을 차렸다. 우리 셋은 앉아서 식사하는 동안 이런저런 이야기를 나누었다.

식사가 끝나자 할머니가 아빠에게 물었다.

"우리 딸이랑 처음 갔던 레스토랑 기억해? 우지에 있었지?"

우지는 교토에서 몇 킬로미터 떨어진 일본의 마을인데 말차로 유명한 곳이다.

할머니는 또다시 예고도 없이 엄마의 기억을 소환했다. 엄마에 대해 그렇게 이야기할 수 있는 할머니가 정말 대단하게 여겨졌다.

안타깝게도 나는 누군가가 엄마에 대해 질문할 때마다 아빠가 얼음장 같은 침묵 속에 갇힌다는 걸 알고 있었다.

그런데 이번에는 아빠가 대답을 했다.

"네. 우리는… 말차 라면과 팥 아이스크림을 먹었어요. 스미레는 그게 지역 특산품이라고 말했죠. 그리고 수국 정원으로 가다가 내가 계단에서 헛디뎌서 발목을 삐었어요. 스미레는 모든 여자한테 이렇게 관심을 끌려고 일부러 넘어지는 거냐고 묻고는 나를 업고 몇 미터 정도 갔어요. 모두가 우리를 쳐다보았죠. 스미레는 사람들의 관심을 끄는 걸 좋아했어요."

"그래… 그래, 스미레가 그 이야기를 한 적이 있어."

할머니가 웃으며 말했다.

아빠는 아주 짧게 웃었다. 아주 잠깐이지만 진짜 같고 살아 있는 듯한 웃음. 꾸밈없는 작은 웃음이었다.

내 마음속 돛이 바람을 가득 품은 듯 부풀었고, 내 등에는 날개가 돋은 것만 같았다. 아빠는 4년 만에 처음으로 엄마에 대해 이야기했고, 엄마와의 추억을 나누며 웃었다. 나루토가 오로치마루에게 이기려고 하고 있었다. 그날 저녁 시간과 할머니 덕분에 미술 과제에 대한 아이디어가 떠올랐다.

그 주는 정말 빨리 지나갔다. 등에 날개를 달고 보내서 시간이 어떻게 지나갔는지 모를 정도였다. 평소에는 별로 관심 없던 수업도 새롭게 다가왔다. 나는 수업에 집중했고 쉬는 시간이나 점심시간에 스텔라와 많이 웃었다. 정말 멋진 한 주였다. 나는 매일 학교를 마치고 집에 올 때마다 드드농 선생님이 내준 과제인 '더 완벽한 현재'에 매달렸다. 솔직히 말해서, 미술 과제를 그렇게 열심히 해 본 적이 없었다. 저녁에는 할머니가 일본에 대해 조금 이야기했고, 아빠가 점점 더 관심을 보이며 들었다. 아빠의 갑옷이 햇빛에 눈 녹듯 사라졌다. 정말 놀라운 일이었다.

나는 **나루토** 퍼즐을 끝까지 맞추지 않기로 결정했다.

집에 올 스텔라를 위해 마지막 100개의 조각을 남겨 두었다.

나는 스텔라가 사스케의 얼굴을 직접 완성하면 기뻐할 거라고 생각했다. 그렇게 하면 내가 느끼는 기분을 알 테니까.

게다가 누가 알겠는가? 어쩌면 스텔라가 퍼즐에 소질이 있을지도 모른다. 나는 그걸 빨리 알고 싶었다. 사실 나는 어서 빨리 토요일이 되기를 목이 빠지게 기다렸다. 나의 유일한 걱정은 내 친구가 엄마에 대해 바로 **그 질문**을 던지거나, 조율이 안 된 피아노나 죽어 가는 벚나무에 대해 너무 많이 물어보는 것이었지만, 스텔라는 나에게 약속을 했다.

스텔라는 조심할 것이고, 아무 말도 꺼내지 않기로 약속했다. 잉어가 되겠다고 말했다.

나는 잉어 친구에게 내가 흰동가리 퍼즐을 맞추는 것을 보여 주고 싶어 애가 탔다.

21
교자와 챔피언십

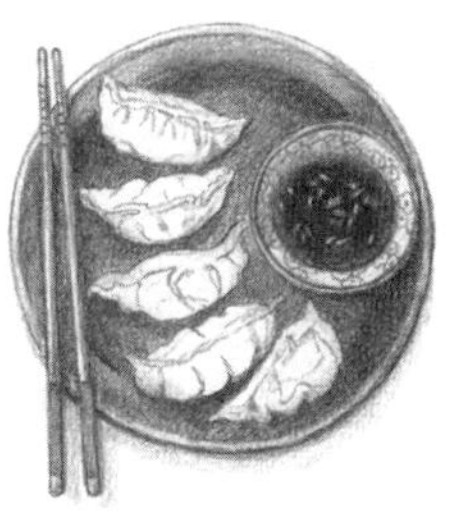

물론, 스텔라는 전혀 잉어 같지 않았다. 오히려 완전히 그 반대였다. 말 그대로 수다쟁이였고, 그건 내 예상대로였다. 다행인 건 집에 엄마가 없다는 사실은 단 한 번도 언급하지 않았다.

토요일 오후 네 시경, 스텔라의 부모님이 차로 스텔라를 집 앞에 데려다주었다.

그때 처음으로 스텔라의 아빠를 보았다. 스텔라 말로는 아빠는 두 주에 한 번 주말에만 집에 오는데, 프랑스 남쪽 지방에서 사업을 하며 미친 듯이 일하기 때문이라고 했다. 스텔라가 방금 한 말이 전부 지어낸 뻥이라는 생각이 들었지만, 상관없었다.

나탈리아 아주머니는 아빠와 형식적인 인사를 나누었다. 다음 날 몇 시에 딸을 데리러 와야 하는지 확인한 뒤, 스텔라 부모님은 다시 차를 타고 80킬로미터 떨어진 큰 도시에 데이트를 하러 갔다.

그때 할머니가 좁은 현관에 나왔고, 스텔라는 생애 처음으로 진짜 일본인을 보게 되었다.

당연히 한바탕 소동이 벌어졌다. 스텔라는 허리를 아주 깊이 숙였고, 구글 번역기와 일본 애니메이션에서 배운 일본어 인삿말을 외우듯 말하며 몸을 90도까지 굽혔다.

할머니는 조금 당황했지만 즐거워하며, 일본식 예절에 따라 손님인 스텔라보다 더 낮게 몸을 숙였다. 그런데 스텔라는 할머니보다 더 낮게 숙여야 한다고 생각했다.

그래서 둘 사이에 계속 인사 경쟁이 벌어졌고, 결국 스텔라는 거의 엎드린 상태로 무릎을 꿇고 손을 앞으로 내밀어 일본 황제에게나 하는, 극도로 경의를 표하는 자세를 취했다. 그러자 할머니가 진짜로 당황해하며 이 모든 게 필요 없다고 바로 말하면서 일어나도 된다고 했다. 준비한 음식은 교자가 전부이고, 집도 그렇게 잘 정돈된 편이 아니며, 사실 이곳은 사위의 집이어서 너무 격식을 차릴 필요가 없다고 빠르게 설명했다.

물론 스텔라는 할머니의 횡성수설 일본어를 전혀 이해하지 못했다.

하지만 스텔라는 할머니가 제일 좋아하는 애니메이션에 나오는 언어로 **자신에게** 말을 걸어 줘서 무척이나 **기뻐했다.** 그래서 알아들을 수 없는 할머니의 말을 더 듣고 싶어서 얼굴을 바닥에 더 바짝 대면서 목숨이 걸리기라도 한 듯 "아리가토, 아리가토."와 "이치반 자판!"*을 반복했다.

이 소란에 종지부를 찍은 건 아빠였다.

"정중한 인사 정말 고마워, 스텔라. 소노카 할머니가 이제 일어나도 된다고 했어."

스텔라는 일어나서 할머니의 두 손을 잡고 힘차게 외쳤다.

"감바리마쇼!"

이 말은 좋게 해석하면 '최선을 다하자!'이고, 나쁘게 보면 '죽을 각오로 일하자!'라는 뜻인데, 현재 상황에서는 저녁 식사로 대접할 교자의 맛에 대해 할머니에게 약간의 부담을 안기는 말이었다.

현관에 가득한 어색한 분위기를 없애기 위해 내가 말했다.

"스텔라, 이리 와. 내 방 보여 줄게."

---

* '이치반 자판'은 일본 땅을 밟은 서양 관광객들이 자주 사용하는 표현으로, 좀 어색하지만 직역하면 '일본이 최고야' 혹은 '일본 만세'라는 뜻이다. 엄마는 일본을 방문하는 사람들이 무분별하게 이 표현을 쓰는 게 좀 우습다고 생각했다. 하지만 나는 엄마가 '이치반 엘리즈'라는 곡을 작곡하고, 그 곡을 종종 공연에서 연주한 걸로 기억한다.

우리는 내 방으로 올라갔고, 할머니는 이미 교자에 쪽파와 생강을 넣고 있었다.

내 방에 들어가자, 스텔라는 창가 쪽 벽에 걸린 퍼즐들을 하나씩 살펴보았다. 퍼즐마다 표정도 달랐고, 감탄사도 다 달랐다.

그런 모습 덕분에, 스텔라는 점점 더 내 친구가 되어 갔다. "하!" "오!" "와우!" 심지어 "우~랄라!"까지 감탄사가 점점 더 다양해졌다.

물론, 스텔라는 내가 예상한 질문을 했다.

"왜 퍼즐마다 조각이 빠져 있어? 끝내기 귀찮았어?"

나는 누구에게도 차마 말하지 못했던 이유를 처음으로 설명했다.

"그냥 이렇게 두는 게 더 아름답고… 더 진짜 같아서… 미스터리를 간직하고 있달까. 완성되지 않았다는 점에서 나랑 비슷해."

"아, 그렇구나…."

그리고 난 뒤 스텔라는 생각에 잠긴 표정으로 모든 퍼즐을 천천히 살펴보았다.

스텔라가 잠시 아무 말도 하지 않기에 머릿속에 뭔가 생각이 떠오른 게 아닐까 싶었다. 스텔라 안에도 결국 조금은 '잉어' 같

126

은 면이 있는 것이다.

마침내 스텔라가 물었다.

"이렇게 큰 퍼즐을 끝내는 데 얼마나 걸려?"

"그때그때 다른데… 최근 천 조각을 여섯 시간 정도 걸려서 끝냈어."

"진짜 잘하네. 엄청나다."

"글쎄…."

"아! 근데 이거《나루토》잖아!"

스텔라는 내 책상 위에 놓인 퍼즐을 발견했다. 그 애는 그 위로 미친 듯이 달려들었다. 만져도 되는지 물어서 나는 스텔라에게 제안했다.

"사실은 너랑 같이 사스케 부분을 완성하고 싶었어, 네가 괜찮다면 말이야."

"괜찮냐고? 완전 좋지! 고마워, 엘리즈!"

그러고는 내 목을 확 끌어안았다. 스텔라는 한 번도 퍼즐을 해 본 적이 없었기에 어떻게 하는지 내가 차근차근 설명해 주었다.

"어릴 때는 했었지!"

그리고 몇 분 뒤, 내가 퍼즐 조각을 골라서 자리를 알려 주면 스텔라가 그 조각을 자리에 끼워 넣기로 했다. 스텔라는 아주 훌륭한 조수였고, 자기가 사랑하는 대상이 점점 실체를 띠어 가는 걸 보며 행복해했다. 결국 한 시간 정도 지나 퍼즐을 다 맞췄다. 스텔라는 의자 위에 올라가 위에서 퍼즐을 내려다보았다. 계속해서 "정말 예뻐, 정말 예뻐, 정말 예에에뻐!"라고 말했다. 그래서 나는 그 퍼즐을 풀로 고정해 액자에 넣어서 생일 선물로 주겠다고 말했다. 스텔라는 눈물을 글썽였다. 친구에게 생일 선물을 받는 건 처음이라고 했다.

스텔라는 조용히 울며 말했다.

"나도… 나도 네 생일에 뭔가 만들어 줄게…. 손재주가 별로 없지만, 그래도 널 위해 뭔가를 할 거야."

스텔라는 이미 나에게 너무 많은 것을 해 주었고, 내 세상을 열어 주었다….

"오, 저게 뭐야?"

스텔라는 여느 때처럼 갑자기 말을 돌리며 내 방의 유일한 선반에 놓인 흰동가리 퍼즐 상자를 발견했다.

"나 흰동가리 진짜 좋아해! 이것도 같이 할 수 있을까?"

"안 돼."

나는 딱 잘라 말했다.

내 목소리의 단호함이 스텔라의 기쁨을 순식간에 앗아 간 게 느껴졌다. 아빠만 오로치마루의 영향을 받은 게 아닐지도 모른다는 생각이 들었다. 스텔라는 A 모양의 가면 뒤로 숨었다. 내가 상처를 준 것이다.

나는 천천히 숨을 들이쉬고 나서 설명했다.

"이 퍼즐은 엄마가 준 마지막 선물이야. 이 퍼즐은… 나만의 것이었으면 좋겠어. 이해하지?"

스텔라의 A 표정이 옅어졌다. 그리고 또 한 번 스텔라는 철없음, 칭얼거림, 아이 같은 애교에도 불구하고, 세상에서 가장 깊은 말을 할 수 있는 아이임을 증명했다.

"당연히 이해하지, 그건 너와 엄마를 이어 주는 마지막 연결 고리잖아. 만지지 않을게, 걱정하지 마. 하지만 이 퍼즐을 본 것만으로도 기뻐."

스텔라는 미소를 지었다.

마침 아빠가 식사하러 오라고 불렀다. 무슨 말을 해야 할지 몰랐는데, 아빠가 불러서 다행이었다.

내가 방의 불을 끄기 전에, 스텔라는 마지막으로 벽을 쓱 둘러보고는 두 손으로 턱을 긁으며 깊은 생각에 잠긴 듯했다. 의심할 여지 없이, 그 애 머릿속에 뭔가가 떠오른 것이다. 그렇게 우리는 저녁을 먹으러 내려갔다.

할머니는 조금 긴장한 듯 보였다. 자신이 만든 교자 때문에 엄청나게 스트레스를 받은 것 같았다.

아빠는 우리에게 같이 만들자고 제안했다.

"스텔라, 괜찮다면, 소노카 할머니가 속을 준비하고 반죽도 해 놨으니, 다 같이 교자를 채우고 빚을까 해. 많이들 그렇게 하거든⋯ 일본 가정에서는."

스텔라는 상상의 드레스를 양옆으로 당기며 몸을 숙여 인사했다. 요청을 겸손하게 받아들인다는 뜻이었다.

"기꺼이 도와드리게 되어 영광입니다."

그다음에 스텔라는 할머니를 향해 돌아서서, 아까보다도 더 큰 상상의 드레스를 펼치며 다시 한 번 몸을 숙여 인사하며 덧붙였다.

"이타다키마스*."

최대한 엄숙한 톤으로.

할머니는 얼굴이 빨개져서 눈을 떨구며 일본어로 설명을 시작했고, 나는 그 말을 차례로 옮겼다.

결론적으로 말하자면, 내 친구에게는 손재주가 전혀 없었다.

---

* '이타다키마스'는 서양에서 종종 '잘 먹겠습니다'로 잘못 번역하는 표현이다. 스텔라는 여기서 그 표현을 제대로 사용하고 있는데, 사실 그 뜻은 '제가 받겠습니다'이고, 거의 겸손하게 받아들인다는 의미이기 때문이다. 그렇지만 일본인들은 이 말을 할 때 상상의 드레스를 양옆으로 당기는 것처럼 행동하지는 않는다. 보통은 그저 두 손바닥을 맞대며 말한다.

그건 확실하다!

스텔라가 빚은 교자 열 개 중 다섯 개는 완전히 망했고, 세 개는 그럭저럭이었으며, 하나는 그나마 봐줄 만했다. 마지막 교자는 바닥에 떨어진 데다가 스텔라의 발에 밟혀서 아예 쓰레기통으로 갔다. 하지만, 항상 그렇듯 스텔라는 자기만의 밝은 에너지를 주변에 불어넣었다. 할머니는 만난 지 몇 분 만에 스텔라의 성격과 엉뚱한 행동을 받아들였다. 아빠도 마찬가지인 것 같았다. 분위기는 그 어느 때보다 생기 있었다. 우리는 스텔라의 서투른 모습에 웃었고, 스텔라가 어설프게 성공한 교자를 자랑스럽게 내놓는 걸 보고는 손뼉을 쳤다. 그날 밤 식탁의 아빠는 겉으로 꾸민 모습이 아니라 진짜 같았다. 나는 부엌에 놓인 사진 속 엄마가 우리를 지켜본다고 생각하니, 행복했다.

디저트가 나오기 전 아빠는 내 친구의 삶에 관심을 보이며 몇 가지 질문을 했다. 심지어 《나루토》에 관해 몇 가지 의견도 내비쳤다…. 스텔라는 그 주제에 관해 대화를 나눌 맞수를 찾은 듯했고, 아빠에게 곧장 질문을 던졌다.

"그런데 아저씨, 오로치마루에 대해서 어떻게 생각하세요?"

아빠는 잠시 멈추더니 깊게 고민한 뒤에 시인하듯 말했다.

"무시무시한 적이긴 하지…. 하지만 무적은 아니야. 스포일러를 하고 싶지 않은데, 끝까지 보면 알게 될 거야."

"저는 이미 알아요."

스텔라가 잘난 척하며 뽐내듯 말했다.

식사의 끝자락은 한결 차분했다. 할머니는 천천히 눈을 깜박이며 하품하기 시작했다. 여러 모로 평상시와 꽤 다른 식사였다.

서둘러 식탁을 치우고, 할머니는 마지막으로 차 한잔을 권했다.

"우지의 말차야."

그래서 우리는 고요한 침묵 속에서 말차를 마셨다.

스텔라가 말차를 홀짝홀짝 마시는 모습을 보면서, 나는 그 애가 아직 뭔가 숨기고 있다는 걸 눈치챘다. 뭔가 허황한 계획. 그것은 스텔라가 내 방 벽에 걸린 퍼즐을 본 후로 품어 온 생각이었다. 그것은 스텔라가 처음 맛보는 말차의 쌉싸름함과 전혀 관계없는 것이었고, 훨씬 더 강렬했다. 훨씬 더.

"아저씨?"

"응?"

"엘리즈가 퍼즐에 아주 능숙하고, 방 벽에 놀라운 작품들이 가득하다는 거 아시죠? 빛의 속도로 맞춘 예술 작품이라고 덧붙일게요…."

아니, 스텔라는 무슨 말을 하려는 걸까…?

"응, 내 딸이니까 알지."

“그래서 제가 생각해 봤는데요….”

스텔라가 주머니에서 휴대전화를 꺼내 인상 쓰며 미친 듯이 무언가를 치다가 마침내….

“아!”

스텔라는 자신이 검색한 결과를 아빠의 코앞에 자랑스럽게 내밀었다.

저녁의 차는 보통 잠자기 전에 조용히 마시는 거라서 할머니는 이번의 갑작스러운 소동을 이해하지 못한 채 우리가 통역해 주기를 기다렸다.

스텔라가 마침내 흥분해서 외쳤다.

“엘리즈는 프랑스 퍼즐 챔피언십 지역 예선에 참가해야 해요! 청소년 부문요!”

아무도 스텔라가 왜 ‘청소년 부문’을 마치 세기의 소식인 양 외치는지 이해할 수 없었을 것이다. 그냥 스텔라가 그런 아이였다고만 해 두자.

스텔라의 제안에 나는 깜짝 놀랐는데, 퍼즐을 경기로 생각해 본 적이 한 번도 없기 때문이었다. 스텔라다운 엉뚱한 발상이었다. 아무도 관심을 가질 거라고 생각하지 않았다.

착각이었다.

아빠가 눈을 크게 뜨고 나를 바라보고, 천장을 보고, 휴대전화를 보고, 소노카 할머니에게 일본어로 전달했다. 할머니는 손뼉을 치며 정말 기막힌 아이디어라고 말했고, 눈 깜짝할 사이에 세 사람은 나를 퍼즐 선수 연맹 사이트 청소년부에 등록하고 있었다.

지역 예선은 우리 집에서 80킬로미터 떨어진 큰 도시에 열릴 예정이었다.

스텔라가 아무 일도 아닌 듯 말했다.

"내년 4월이니까. 그때까지 연습할 시간은 충분해."

아빠는 등록비를 지불하기 위해 신용카드 정보를 입력할 때에야 내 의견을 물어보았다.

"하고 싶니, 엘리즈? 나는 네가 하면 정말 멋질 것 같아. 그리고 충분히 가능성도 있다고 봐."

할머니도 일본어로 조용히 덧붙였다.

"정말 멋질 거야!"

나는 이런 스포트라이트를 원하는 걸까? 정말 이 대회에 나가고 싶은 걸까? 과연 내가 해낼 수 있을까? 엄마가 있었다면 해보라고 권했을까? 아니, 이건 전혀 나랑 맞지 않아, 부질없어….

스텔라는 내 망설임을 감지했다. 그 애는 내 팔을 양손으로 붙잡고 엄청 빨리 말했다.

"시도하는 게 완전 중요해, 아니 꼭 해야 해! 인생에서 우리는 커다란 도전이 필요해! 그리고 자신의 특별한 능력을 빛나게 해야 해! 네 재능을 인질로 잡아. 네 방, 네 벽 안에 가두지 마. 그 재능을 빛나게 해야 해, 마음껏 펼쳐야 해! 사스케의 호화구의 술[8]처럼! 내가… 내가 같이 갈게! 항상 너랑 같이! 내가 네 조수가 될게, 얼음물로 네 얼굴을 닦아 주고, 관중석에서 네 이름을 외쳐서 행운을 불어넣어 줄게, 난… 마라카스도 가져갈 거야!!"

그리고 스텔라는 손가락으로 마라카스를 쥔 척하며 우스꽝스럽게 춤을 추기 시작했다. 얼굴은 V자 모양이 되었는데, 아마도 승리의 V자일 것이다….

이토록 낙관적인 모습을 보면서 거절하기는 어려웠다.

나는 아빠를 바라보았다.

아빠는 진심으로 들떠 보였는데, 그 모습은 꾸며 낸 게 아니었다.

나는 결국 선언했다.

"마라카스 오케이! 이키마쇼!"*

---

[8] 근거리에서 공격할 때 쓰는 술법으로 몸속에서 끌어올린 차크라(인체 여러 곳에 존재하는 정신적인 힘의 중심점을 말함)를 불로 변환한 뒤 단숨에 내뱉듯이 쓴다.

* '이키마쇼'는 힘차게 나아갈 때 쓰는 즐거운 표현이다. '가자!'나 '해 보자!'와 비슷한 의미로 사용된다. 엄마는 내가 좋아할 만한 곳에 데려다줄 때 차에 태우며 자주 이렇게 말했다. "이키마쇼, 공원에 가자!", "이키마쇼, 단 걸 사러 빵집에 가자!", "이키마쇼, 큰 도시 영화관에 가자!" 이런 식으로 말하곤 했다.

스텔라와 할머니는 주먹을 치켜들고 합창하듯 외쳤다.

"이키마쇼!"

우리는 그 엉뚱한 계획에 흥분한 채로 잠자리에 들었다.

나는 챔피언십 지역 예선에서 우승하는 상상을 하며 잠들었다. 꿈속에서 엄마는 관중석에 있었고 교자 비를 맞으며 대견하다고 나에게 속삭였다.

22
'사요나라'라고
하지 않아

다음 날 열한 시에 스텔라의 부모님이 활짝 웃으며 딸을 데리러 왔다. 나는 어제 정말 좋은 하루를 보낸 것 같았다.

부모님과 함께 차에 타기 전, 문 앞에서 스텔라가 나를 껴안았다.

"정말 최고였어!"

정말 최고였던 것은 맞지만, 내가 유별나게 내성적이라서 쉽게 인정하기가 어려웠다.

"이제 우리에게는 새로운 목표가 생겼어. 바로 챔피언십!"

스텔라는 마라카스 흔드는 흉내를 또 내며 노래하듯 말했다.

"그래그래, 맞아."

아빠가 다가왔다.

"잘 가, 스텔라. 네가 우리 집에 와서… 색다른 경험이었어."

"감사합니다, 아저씨."

할머니는 손을 흔들며 다정하게 "바이바이."라고 인사했고, 스텔라는 완벽한 억양으로 "사요나라."라고 대답했다.

할머니가 뭔가를 설명했고, 내가 그것을 프랑스어로 전달해 주었다.

"이런 상황에서는 일본어로 작별 인사를 할 때 '사요나라'라고 하지 않아."

"아, 그래?"

"응, '사요나라'는 다시 만나고 싶지 않은 사람에게 하는 인사야. 차갑거나 영원한 작별 인사인 거지. 할머니가 알려 줬는데, '마타네'라고 하는 거래. 이건 '곧 다시 보자.'라는 뜻이야. 할머니는 너를 가까운 미래에 다시 보고 싶어하니까, 어쩌면 일본에서 다시 만날 수도 있겠지."

설명을 듣고 스텔라는 완전히 흥분해서 기쁨을 주체하지 못했다. 손을 흔들면서 치아가 다 보일 정도로 활짝 웃으며 "마타네! 마타네!"라고 반복해서 외쳤다. 프로 치어리더처럼 우리 집 문에서 부모님 차까지 15미터를 두 손을 계속 들어 올린 채로 비틀거리지도 않으면서 한 번도 돌아보지 않고 뒤로 걸어갔다. 꽤 인상적이었다.

등이 차 문에 부딪힌 순간, 스텔라는 나에게 윙크를 보내고는 볼을 꼬집어 본 뒤에 떠났다.

우리 세 사람 모두 묘한 허전함을 느꼈다. 그리고 약간 쓸쓸한 침묵도 흘렀다.

먼저 말을 꺼낸 사람은 아빠였다.

"정말 정신이 없긴 하다, 저 애는…"

아, 아빠는 스텔라가 마음에 들지 않는 걸까?

"…참 마음에 들어.《드래곤볼》에 대해서도 잘 알고…"

이 말을 듣고 나는 망설임 없이 아빠 품으로 뛰어들었다. 아빠는 내 정수리에 손가락을 살며시 얹고 머리를 쓰다듬었다. 아빠가 스텔라를 좋아하다니! 나하고 가장 친한 친구가 갑옷을 비집고 들어가 아빠의 마음을 움직이다니! 나는 세상에서 가장 행복한 딸이었다. 할머니도 합류해 우리를 안으며 다정하게 "요시 요시."라고 하시며 아빠와 내 등을 토닥였다. 마지막 '요시'를 말하고 나서 할머니는 우리에게 가방을 싸고 피아노 방을 정리해야 한다고 일러 주었다. 내일 아침 할머니는 비행기를 타고 일본 집으로 돌아간다.

순간 아찔했다.

할머니가 떠난다는 건… 세상의 끝이 다시 온다는 뜻일까?

나는 무너지지 않기 위해 스스로 세웠던 목표에 집중했다. 바로 할머니가 가기 전에 내 미술 과제를 보여 주는 것이었다.

할머니는 내 영감의 원천이었으니까.

나는 오후 내내 미친 듯이 작업했다. 방 안에 틀어박혀 색연필, 종잇조각, 온갖 종류의 풀 사이에서 작업하는 내 모습은 진짜 **예술가** 같았을 것이다. 나는 저녁 식사 직전에 작업을 끝내고, 만든 것을 품에 안고 내려갔다.

피아노 방에 들어갔을 때, 할머니는 막 가방을 닫고 있었다.

"할머니, 보세요…."

"어, 이게 뭐니? 케이크니?"

나는 스물여덟 장의 카드로 일종의 데코레이션 케이크를 만들었다. 웨딩 케이크처럼. 카드는 서로 붙어서 수직으로 세 개의 동심원을 형성했다. 나는 두꺼운 종이로 만든 골조로 전체 구조를 지탱했고, 그 위에 다양한 문구를 썼다. '할머니가 집에 귤 한 접시를 두었다. / 할머니가 우산으로 아빠를 때렸다. / 할머니는 우리 엄마 이야기를 자주 한다. / 할머니가 향을 피웠다. / 할머니가 아빠를 울렸다. / 할머니는 집에서 우리에게 일본어로 말한다.'

물론 나는 모든 문장을 할머니에게 일본어로 옮겨 주었다. 할머니가 나의 창작 배경을 이해할 수 있도록 간단한 설명도 했다.

"할머니는 과거에서 온 작품이자, 내 현재를 더할 나위 없이 완벽하게 만들어 준 분이에요."

그런 다음 나는 할머니가 떠나서 슬프다고 말하다가 눈물이 터질 뻔했다.

할머니는 나를 꼭 안아 주었다. 할머니는 '사요나라'가 아니라 분명히 '마타네'라고, 내가 교토에 온다면 환영하고, 내년까지 아빠가 아무 연락도 하지 않으면 다른 우산으로 아빠를 때리러 올 거라고 말했고, 아빠에게 피아노를 손보게 할 거라고도 했다.

"네 아빠는 피아노를 손봐야 해, 엘리즈. 알겠니? 그건 정말 중요하단다."

"아빠는 직업을 바꿨어요."

"그래… 하지만 그건 아빠가 할 수 있는 일이야. 여전히 할 수 있어. 반드시 해야 해. 아빠를 위해서, 너를 위해서, 그리고 너희 엄마를 위해서. 내가 없어도 아빠에게 피아노를 손보라고 계속 말해 줄 수 있겠니?"

나는 그러겠다고 했지만, 예의상 한 말이었다. 나는 결코 말하지 못할 거라는 확신이 거의 들었다.

그때 아빠가 마지막 식사를 함께 하자고 불렀다. 피자였다.

"그 케이크 나한테 줄래? 교토에 가져가고 싶어."

할머니는 내 대답을 예상하지 못했다.

"아니요, 먼저 미술 선생님께 보여 줘야 해요. 선생님을 위로 해 줘야 하거든요. 하지만 좋은 점수를 받게 되면 할머니께 말할게요."

이 말을 마치고 할머니와 나는 아빠가 있는 식탁으로 갔다.

23
완벽 이상의 현재

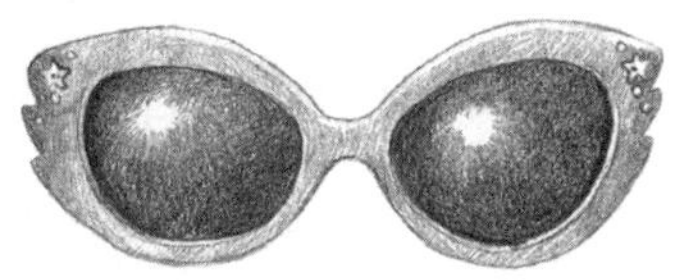

다음날인 월요일에 내가 일어났을 때, 할머니와 아빠는 이미 공항으로 떠난 뒤였다.

전날의 작별 인사는 정말 나를 뭉클하게 했다. 소노카 할머니가 759조각의 **천문대** 퍼즐을 작별 선물로 주었다. 나는 잠자리에 들기 전에 할머니를 안아 주었다. '사요나라'라고 하지 않아. '사요나라'라고 하지 않아, 그렇지?

무엇보다도 걱정했던 건, 할머니가 집에 머무른 시간이 아빠의 갑옷을 갉아 먹을 만큼 강한 흔적을 남겼는지 여부였다.

나는 우리가 다시 두 주 전으로 돌아갈까 봐 너무 두려웠다. 양파 타르트와 얼어붙은 침묵의 시절로.

하지만 지금은 상심한 미술 선생님한테 나의 작품을 발표하는 데 집중해야 했다.

드드농 선생님은 온통 검은 옷을 입고 왔다. 다크서클과 부은 눈을 가리기 위해 커다란 선글라스도 썼다. 교실에 들어서며 선생님은 슬며서 선글라스를 아래로 내렸는데, 그녀의 눈물 자국이 눈두덩에 얼마나 깊은 고랑을 남겼는지 우리가 알아차리도록 하기 위해서였다. 선생님이 말했다.

"나와 내 슬픔 사이에 긴 싸움이 시작되었어. 솔직히 말하면… 지금 이 순간에도 누가 이길지 잘 모르겠어…"

그런 다음 선생님은 자리에 앉아, 어두운 생각을 털어내려는 듯 알 수 없는 제스처로 얼굴을 쓸어내리고는 결론을 내렸다.

"하지만 여러분의 작품이 어쩌면 저울의 균형을 바꿀지도 모르지. 나의 선함과 **악함** 사이의 저울 말이야."

선생님은 마지막 단어인 '악함'을 강조해서 오늘의 창작물이 얼마나 중요한지 우리 모두가 실감하게 했다.

"누가 먼저 발표하고 싶니?"

내가 바로 손을 들었다.

나, 엘리즈. 존재감 없고 말도 없는 조용한 학생. 학교에서 시끌벅적한 아이와 친구 사이인 투명 인간. 앞에 나서는 일이 없던 내가 친구들 앞에 가장 먼저 나서고 싶었다.

내 결심에 드드농 선생님도 깜짝 놀란 것 같았다.

내가 가장 좋아하는 선생님은 세 번 눈을 깜빡이며 머리를 뒤로 쓸어넘긴 다음, 작은 보라색 펜을 양손에 쥐고, 크고 깊고 헤아릴 수 없이 긴 숨을 들이쉰 뒤에야… 앞으로 나와서 작품을 소개하라고 했다.

"이건 선생님 전 애인인 다니엘라의 카드로 만든 케이크예요."

나는 설명을 시작했다.

"카드를 보는데 왠지 할머니가 떠올랐어요. 카드들이 닳고, 헤지고… 오래됐으니까요. 그렇게 말해도 된다면요. 그리고 카드 네 장이 빠졌는데, 언젠가 할머니 이도 빠질 수 있잖아요."

선생님은 고개를 끄덕이며 내 분석에 전적으로 동의했다.

"이 카드, 과거의 작품이 잊히지 않도록 하는 가장 좋은 방법은 그걸 아름다운 추억으로 만드는 거예요. 좋은 추억으로요. 내 기억에서 사라지지 않고 영원히 남을 수 있도록요. 내 마음과 머릿속에서."

선글라스 너머로 보이는 드드농 선생님의 눈가에 진심 어린 눈물이 맺혔다. 선생님은 꾸중을 듣고 약간 부루퉁해진 어린아이처럼 과장하지 않고 부드럽게 자신의 머리를 매만졌다.

"할머니는 오늘 아침 비행기를 타고 일본으로 돌아갔어요. 할머니는 거기 사시고, 제 일부가 거기서 왔죠. 언제 다시 할머니를 볼 수 있을지는 몰라요…. 하지만 저는 이 약하고 평범한 카드를 아름답고 즐거운 무언가로 만들기 위해 시간을 들였어요. 희망과 기쁨을 주는 무언가로요. 바로 케이크예요.”

드드농 선생님은 입술을 깨물고, 마치 나를 처음 보는 것처럼 바라보았다.

“케이크의 각 조각마다 저에게 의미 있었던 할머니와의 추억, 함께 보낸 순간들을 적었어요. 할머니가 우리 집에서 보낸 시간, 우리 곁에 있었던 그 시간이 완벽하게 느껴졌어요. 아니, 완벽 그 이상이었죠.”

그런 다음 나는 반 친구들 앞에서 그 문장들을 읽었다.

다 읽고 나자 최면에서 깨어난 것 같았다.

도대체 나는 이 모든 말을 누구에게 한 걸까? 드드농 선생님? 반 친구들, 아니면 나 자신에게?

어쨌든 스텔라를 시작으로 반 친구들이 갑자기 손뼉을 쳤다. 말 없는 애가 처음으로 발표했다는 이유보다는… 정말 감동받은 것 같았다.

선생님은 마스카라로 얼룩진 눈가를 손등으로 닦고 내 점수를 자랑스럽게 발표하기 위해 또다시 숨을 크게 들이마시며… 감정을 추슬렀다.

선생님은 나에게 몸을 숙이고 아주 부드럽게, 전혀 과장 없이 아주 다정하게 말했다.

"엘리즈, 방금 네가 한 말 무척 아름다워. 그리고 네가 카드와 케이크에 담은 의미는… 네 나이에 비해 정말 놀라울 정도로 멋지고, 아주 아주 지적이야."

선생님은 고개를 반 아이들 쪽으로 돌리고, 눈을 한 번 깜박이며 우리에게 익숙한 모습으로 돌아왔다. 그리고 마치 늑대 떼에 둘러싸인 원형 경기장의 검투사처럼 당당하게 외쳤다.

"십팔 점!!!"

그 순간 반 아이들이 마치 관중석에 있는 것처럼 큰 소리로 외치는 함성이 들려왔다.

혼란스러운 와중에 나는 "와아아아!", "만세!"와 같은 소리와 심지어 "엘리즈를 대통령이 사는 엘리즈 궁으로!"라는 소리도 들었다. 나는 미술 시간에 이십 점 만점에 십팔 점을 받은 것이다.

곧 들뜬 분위기가 지나고 어색한 정적이 찾아왔다.

나는 선생님 책상 위에 올려놓은 케이크를 가져오려고 했지만 선생님이 막았다.

오, 이건 별다른 의식도 없이 이루어졌다. 내가 손을 뻗자 선생님이 아무 일 아니라는 듯 자연스럽게 내 작품을 책상 안쪽으로 조금 더 밀었다.

선생님은 살짝 미소 지으며, 고통 어린 눈빛을 보냈다. 그 눈

빛은 이렇게 말하는 듯했다. '이게 필요해, 오직 나만을 위해. 다니엘라가 나를 떠났잖아!'

이제 반 아이들은 우리가 정말로 선생님에게 의미 있는 제물을 바치고, 영원히 돌려받지 못할 것임을 깨달았다.

당황스럽고 믿기지 않았다.

수업이 끝나고 나는 스텔라네 집에 가지 않았다. 너무 걱정이 됐다.

생각을 정리할 시간이 필요했다. 혼자서.

혼자지만 흰동가리 퍼즐을 앞에 두었다.

집에는 여전히 신선한 귤이 담긴 접시가 있었고 향냄새가 공기 중에 평온하게 퍼져 있었다. 할머니는 떠나기 전에 향 몇 개를 피워 두었는데, 할머니가 우리를 보호하듯 그 연기 소용돌이가 이 집을 감싸고 있는 것 같았다. 나는 지난번에 연기 때문에 창문을 열었던 일을 생각하며 미소 지었다.

아빠는 아직 일터에서 돌아오지 않았다.

지금까지는 모든 게 괜찮았다.

여섯 마리의 흰동가리가 담긴 퍼즐 상자를 열면서, 계속 속으로 되뇌었다.

'할머니는 이제 여기 없지만, 아직까지는 모든 게 괜찮아.'

24
똑같지만
더 나쁘다

머지않아 어떤 것도 괜찮지 않게 되었다.

할머니와 스텔라가 합심해서 공격하면 두 주 만에 오로치마루의 저주인장을 없앨 수 있다고 믿은 내가 순진했다.

사실은 아빠의 눈에 있던 그 무언가가 나를 제대로 속인 것이었다.

그것은 우리가 저항한다는 것을 느끼고 아빠에 대한 압박을 풀었지만 결코 포기하지 않았다. 그저 어둠 속에서 힘을 회복하며 때를 기다렸을 뿐이었다.

내가 그걸 믿었다는 게 정말 바보 같았다.

며칠 걸리지 않아 오로치마루가 다시 통제권을 쥐었다.

처음엔 집 여기저기에 흩어져 있던 희미한 단서들로 시작되었다. 사라져 가는 향냄새, 잠긴 피아노 방의 문, 평범한 대화처럼 보이는 짧은 대화들 속에서. "아빠, 문 잠갔어요?" "어, 그랬나? 미안, 나도 모르게." "괜찮아요, 오늘은 그냥 그 방에서 퍼즐을 맞추고 싶어서요…."

양파가 다시 샐러드 통에 담겨 돌아왔다. 어차피 안 될 건 없으니까. 처음에는 무심코 하나가 있었고, 그다음에는 곧 필요할 것 같아서 두 개, 그다음에는 세 개, 일곱 개…. 엄마의 사진이 담긴 액자가 계속해서 식탁 가장자리로 몇 센티미터씩 밀려났다. 엄마의 사진을 보고 심란해진 아빠가 한숨을 몇 번 쉬더니 허공에 대고 말했다.

"자리를 너무 많이 차지하고, 먼지만 쌓이네…."

물론 귤에 대한 증오도 생겨났다. "오늘 아침에는 시간이 없어… 이제 제철도 아니고… 하루쯤 안 먹어도 괜찮잖아? 그런다고 엄마가 다시 죽는 것도 아니고…."라고. 그리고 가벼운 웃음 한 번, 그건 다정한 척하면서 은밀하게 모욕하는 웃음이었다. 존중도, 사랑도 없이….

엄마에 관한 이야기, 가벼운 이야기든 진지한 회상이든, 의식처럼 지키던 일이든, 헌사든 간에, 모든 게 금세 완전히 사라졌다. 모든 것이 예전으로 돌아갔지만, 상황은 더 나빠졌다. 더 나쁜 건, 내가 더 나은 시간을 알고 있다는 것이었다.

　12월 방학을 며칠 앞두고 나는 양파 타르트를 만드는 아빠를 보았다. 아빠는 거의 울지 않았다.

　물론 양파가 눈물을 나게 해서 조금 울긴 했지만, 더는 눈물이 나오는 대로 흘리지 않겠다는 맹렬한 의지가 느껴졌다. 잠시 뒤 아빠는 절대 울지 않겠다고, 다시는 울지 않겠다고 스스로 다짐하면서 울고 있었다.

　"내 눈물이 아까워."

　아빠의 눈 속에 있는 그 존재는 더 이상 아빠에게 틈을 주지 않았다. 할머니가 떠난 뒤 그 존재가 만든 새 갑옷은 이전보다 훨씬 더 두꺼웠다.

　이제 나는 학교 수업에 참여하지 않았고 손도 들지 않았다. '엘리즈를 대통령이 사는 엘리즈 궁으로'라고 외치던 시대는 끝났다. 다시 투명 인간으로 돌아왔다. 나는 아무 감정 없이 흰동가리를 반복해 맞추면서 하루하루를 보냈다.

　크리스마스 방학 첫 번째 주말에 나는 이상한 꿈을 꾸었다.

　내 방에 뭔가가 몰래 들어오는 꿈이었다. 그것은 뱀이 바닥을 기듯 스르르 내 침대로 다가왔다. 오로치마루였다.

그것은 아빠의 눈에서 빠져나와 이제 나를 찾아온 것이었다. 그가 내 귀에 대고 속삭였다. 달콤한 목소리로 나에게 공격적인 질문을 속삭였다.

"엄마가 돌아가셨으니 하나 남은 부모를 돌봐야 하지 않겠어? 네 아빠가 엄마 때문에 힘들어하니까, 네가 엄마와의 인연을 영원히 끊는 게 해결책이 아닐까? 예를 들어, 온종일 그 퍼즐에 매달리는 거, 이제 그만둬야 하지 않을까? 이제는 그냥 포기하고, 놓아 버리는 거야…."

"뭘 포기해?"

내가 그렇게 묻고 있었다.

"**그 질문**을 포기하는 거지. 더는 **그 답**을 찾지 마. 있잖아, 네가 말을 안 해도 아빠는 네가 궁금해한다는 걸 알고 있어. 내가 너희 아빠 안에 살게 된 후로, 나에게 속마음을 털어놓았어. 아빠는 네가 **그 답**을 기다리는 태도, 없는 답에 대한 설명을 찾으려는 네 모습이 부담스럽다고 자주 말했어."

"내가 **그 질문**을 포기하면 아빠가 괜찮아질 거라는 말이야? 그럼 넌 진짜로 아빠를 놔줄 거야?"

"내가 바라는 건 그것뿐이야…."

오로치마루는 아빠를 놓아줄 준비가 되어 있었다… 그 대가로 무엇을 요구하는 걸까?

"내가 어떻게 해야 해?"

오로치마루는 서두르지 않았다. 잠시 뜸을 들인 뒤 나에게 계약을 제안했다.

"잠에서 깨면, **그 질문**을 흰둥가리 퍼즐 상자에 가둬. 그리고 침대 밑에 던져 버려. 더는 생각하고 싶지 않은 모든 것들과 함께 멀리, 아주 멀리. 내가 다 사라지게 할 거야. 엄청 멋질 거야. 넌 너대로, 아빠는 아빠대로 엄마에 관한 뭔가를 묻어 버리는 거니까… 그러고 나면 나는 사라질 거야."

정말 그렇게 간단한 일이었나? 내가 이 지시들만 그대로 따르면 우리의 걱정거리가 다 사라지는 걸까? 마침내 아빠가 원래 모습으로 돌아오게 될까? 그 옛날처럼?

나는 잠에서 깼다.

침대에서 로봇처럼 일어난 뒤, 벽에 달린 작은 선반으로 갔다. 나는 엄마의 퍼즐 상자를 집어 들어 연 다음, 안에 대고 **그 질문**을 속삭인 뒤에 뚜껑을 확 닫았다. 그리고 상자를 침대 밑으로 던지려고 팔에 힘을 줬다….

그때 스텔라와 함께 맞춘 **나루토** 퍼즐이 평평한 작업대 위에 있는 게 눈에 띄었다. 며칠 내로 스텔라에게 선물할 계획이었다.

아주 작고 불길한 예감이 들었다. 꿈에 나온 오로치마루의 말을 따르면 안 될 것 같다는 생각이 들었다.

창밖의 나무들이 바람에 흔들리고, 유리창에는 김이 서리고, 공기 중에 은은한 귤 냄새가 났다…. 그런 것들이 내 마음을 움직였다.

나는 흰동가리 퍼즐 상자를 다시 선반에 올려두었다. 모든 것을 침대 밑에 묻을지, 말지 내일 결정하기로 했다.

그 문제에 대해 코치와 먼저 이야기해 본 뒤에 말이다.

25
천둥 같은 코치

할머니와 교자 파티를 하고 퍼즐 챔피언십에 참가 신청을 한 뒤로 스텔라는 내 코치를 자처했다.

스텔라는 금요일에 학교 식당에서 완두콩과 생선가스를 먹던 중 그 제안을 농담처럼 툭 던졌다.

그 애는 레몬 조각을 쥐고 접시에 즙을 짜면서, 세상에서 가장 진지한 표정으로 내 훈련을 책임질 것이며, 나에게 강철 정신력을 장착시켜 주겠다고 선언했다.

"대회에서는 정신력이 가장 중요해!"

스텔라가 단언했다.

그러고 나서, 레몬 씨가 눈에 튀어서 스텔라는 마치 7구경 리볼버에서 나온 총알에 정통으로 얼굴을 맞은 듯 고개를 뒤로 젖

헸다. 그 애는 광장에서 처형당한 생선 장수 같은 자세로 몇 초 간 꼼짝도 하지 않고 아무 말도 하지 않았다. 피처럼 보이도록 입술에 케첩을 바르고 싶어하는 것도 같았다.

내가 스텔라에게 괜찮은지, 레몬 씨 때문에 눈이 매우 따갑지 않은지 묻자, 스텔라는 내 얼굴 앞에 손을 휙 내밀더니 아무 일 없었다는 듯 자세를 바로잡고 별것 아닌 듯 말했다.

"경찰까지 부를 필요는 없어."

그런 다음 스텔라는 웃기려는 의도로 나에게 윙크를 했는데, 눈에 제대로 레몬즙이 들어가서 어정쩡하고 고통스러운 듯 찡그린 얼굴이 되었다. 그래도 말을 이었다.

"어쨌든 **모든 경쟁자를** 없애 버리기 위해 강철 정신력을 갖게 해 줄게! (나는 스텔라가 말할 때 왜 가끔 큰 소리로 외치는지 전혀 이해할 수 없다. 식 당에 있던 학생들이 깜짝 놀랐다.) 내 제안은 일주일에 두 번 훈련하는 거 야. 토요일과 일요일에 만나자, 우리 집에서! 너희 집의 편안한 공 간이나 평소 작업하던 공간과는 멀리 떨어진 곳에서. 퍼즐 상자 들은 내가 챙길게. 대회용 퍼즐이 몇 조각이라고 했지?"

"오백 조각, 오백 조각을 맞춰야 해."

"오백 조각, 알겠어! 토요일에 만나, 친구!"

그런 다음 스텔라는 식판을 들고 마치 미국 드라마에 나오는, 자기 할 말만 다 하고 다른 친구들에게 가 버리는 고등학생처럼 자리를 떴다. 그런데 스텔라는 친구가 없으므로 20초쯤 지나 다시 돌아와서 내가 식사를 마칠 때까지 앉아 지켜보았다.

내가 스텔라네 집에서 퍼즐을 맞추며 훈련한 지 벌써 세 번째 주말이었다.

스텔라는 퍼즐에 대해 아무것도 모르는 완전 초보였다. 존재감을 살리고 시간을 때우려고 엉뚱한 조언들을 쏟아 냈지만, 실력을 키우는 데는 전혀 도움이 되지 않았다.

방금 나는 스텔라에게 쓸데없는 소리 그만하고, 차라리 시간을 재거나 나를 관찰해서 상대적으로 속도가 느려지는 순간을 찾아 달라고 부탁했다. 날카로운 관찰력을 지닌 스텔라는 마침내 **컵에 든 새끼 고양이** 퍼즐을 맞추는 동안 나의 가장 큰 약점을 발견했다.

"넌 끝내기를 망설여!"

"그게 무슨 말이야?"

"항상 그래, 끝이 다가오면 그래. 한 서른 조각쯤만 남으면 꾸물거려. 마지막 조각은 말도 마, 엄청 느리게 끼우잖아. 이건 시합이야, 친구! 시합이라고! 결승선을 이 미터 앞두고 속도를 늦추면 안 돼. 끝까지 돌진해야 해!"

스텔라의 말이 맞았다. 스텔라는 내가 퍼즐을 끝내는 걸 얼마나 힘들어하는지 알지 못했다.

마지막 조각은 언제나 **흰동가리** 퍼즐에만 허락된 것이었다.

내가 생각에 잠겨 멍하니 허공을 보자 스텔라가 나를 다시 현실로 끌어당겼다.

"다시 시작하자! 같은 퍼즐로. 단, 이번에는 나도 게임에 끼어들게. 네가 퍼즐을 구십 퍼센트 맞췄을 때 너한테 고래고래 힘내라고 소리칠 거야! 알겠지, 친구!"

나는 왜 스텔라가 코치가 된 뒤로 나를 '친구'라고 부르는지, 그리고 나에게 소리를 지르는 게 왜 격려가 된다고 생각하는지 모르겠다. 하지만 예의상 "네, 코치님, 예스 코치, 오네가이 시마스 코우치"* 라고 대답했다.

그러자 스텔라는 옷장을 열고, 내가 보지 못한 물건 두세 개를 꺼냈다. 그런 다음 욕실로 달려가더니, 3분 후에 검은색 수영복을 입고 양손에 500그램짜리 덤벨을 들고 목에는 호루라기를 걸고 돌아왔다.

스텔라는 진짜 코치처럼 행동했는데… 좀 감명받았다.

스텔라가 자기 방에 있는 시계를 보고 준비됐는지 물었다. 내가 고개를 끄덕이자 그 애는 초침이 12에 올 때까지 기다리다가 외쳤다.

---

* 자기 명령에 다국어로 반복해 대답하라고 시킨 사람은 물론 스텔라였다. 번역하면 "예, 코치님, 예, 코치님, 부탁드립니다 코치님." 정도가 될 것이다.

“시작해!”

스텔라는 다리를 150도까지 올렸고 나는 굶주린 하이에나처럼 퍼즐로 덤벼들었다.

눈이 크고 귀여운 새끼 고양이가 목욕하는 컵 조각들을 맞추는 동안 스텔라는 온몸을 던져 적들과 상상의 전투에 뛰어들었다… 물론 그 적들도 상상 속의 존재였다!… 스텔라는 손에 든 작은 덤벨로 적들을 때렸다.

“어퍼컷, 킥, 백 킥, 파이널 펀치! 네가 이 싸움을 구경하고 싶어하는 거 알아, 엘리즈. 하지만 이것 또한 훈련의 일부야, 넌 무슨 일이 있어도, 심지어 주변에 전쟁이 나도 네 목표에 집중해야 해! **인류의 운명이 네 어깨에 달렸어. 나는 그저 시간을 벌어 주려고 여기 있는 거야. 나는… 아아아, 적들이 너무 강해, 어쩔 수 없군. 카메하메하아아아아아아!*”**

내가 퍼즐을 90퍼센트쯤 완성하고 무의식적으로 속도를 늦추기 시작한 바로 그 순간, 스텔라는 손가락을 튕겨서 보이지 않는 적들을 먼지로 만들었다. 그리고 내 바로 옆에 자리를 잡았다….

---

* 여기서 스텔라는 《드래곤볼》에서 손오공의 전설적인 기술 '카메하메하'를 시전하고 있다(아빠와 보낸 그날 밤 이후로 스텔라도 이 애니메이션에 빠져든 게 틀림없다). '카메하메하'는 전사의 손바닥에서 거대한 마법 광선이 뿜어져 나오는 초강력 전투 기술이다. 스텔라는 훌륭한 스턴트 배우가 공격의 반동으로 공중으로 튕겨 나가기라도 하는 듯, 힘차게 침대 위로 자기 몸을 내던졌다.

"약해지지 마, 친구! (그리고 스텔라는 호루라기를 불었다.) 계속, 끝까지 가! (다시 호루라기) 나는 이 퍼즐이 완성된 모습을 원해, **지금 당장!** (또다시 호루라기)."

보기엔 우스꽝스럽겠지만, 그 소란이 정말 나에게 도움이 되었다. 내 말은, 나를 자극했다는 뜻이다. 누군가가 바로 옆에서 완성된 그림을 꼭 보고 싶다고 저렇게까지 말해 주는 게… 기분이 좋았다.

그날 나는 귀가 윙윙 울렸지만, **컵 속의 새끼 고양이** 퍼즐을 맞추는 데 최고 기록을 경신했다.

그리고 바로 그날 손끝에 땀이 맺히고, 숨이 가쁜 상태로 나는 수영복을 입은 내 친구이자 코치에게 오로치마루가 나온 꿈에 대해 이야기했다.

물론 그렇게 쉬운 일은 아니었다.

나는 스텔라에게 잠깐 쉬자고 말해야 했다. 이번에 세운 기록이 정말 멋졌고, 우리가 함께한 게 기쁘다고 인정해야 했고, 그래도 꼭 말해야 할 중요한 게 있다고 밝혀야 했다. 나는 스텔라의 얼굴이 걱정스러운 A자 모양으로 변하게 내버려두어야 했다. 내가 우리 우정을 끝내자는 말을 할 거라고 스텔라가 상상하게 놔두어야 했다. 마침내 내가 입을 열 때까지.

"엄마에 관한 거야…."

스텔라의 A자 표정이 아주 작은 U자로 바뀌었다. 작고 진지한, 하지만 열린 U였다. '나는 듣고 있고, 여기 있어.'라는 의미를 새긴 편안한 U였다.

나는 아빠와 오로치마루의 저주인장에 대해 이야기했다. 다시 한 번 집 안에 슬픔과 분노가 가득 차서 숨이 막힌다고 말했다.

나는 아빠가 걱정되고, 내가 나쁜 딸인 것 같다고 말했다. 왜냐하면 내가 엄마를 닮은 행동을 그만두고, 귤로 아빠를 그만 괴롭히는 게 아빠를 나아지게 하는 해결책이라고 생각했으니까. 아빠는 엄마 이야기를 절대 하지 않았고, 그게 우리 사이에 정해진 규칙 중 하나였는데, 할머니가 집에 머물면서 그 규칙을 깬 것이 아빠에게 도움이 됐다고 믿었지만, 할머니가 떠난 뒤로 모든 게 예전보다 더 나빠졌다는 것을 알게 되었다고 말했다.

나는 아빠가 나에게 남은 마지막 사람이라고 말했다. 오로치마루가 나에게 거래를 제안했으며, 내가 엄마를 영원히 지워야 아빠를 행복하게 해 줄 수 있다고 말했다고 했다. 나는 그저 **그 질문**을 입 밖에 내지 않고 침대 밑에 영원히 묻어 두기만 하면 된다고 했다.

나는 혼란스럽고 무엇을 해야 할지 모르겠다고 말했다. 이제 아픈 건 지긋지긋하다고도 말했다.

스텔라는 무릎을 꿇고 앉아, 내 두 손을 잡았다. 그것이 내 눈에 숨어 있나 확인하기 위해서인지 스텔라가 내 눈을 똑바로 바라보았다.

그런 다음 스텔라는 가장 평범하지만, 내가 한 번도 들어 본 적 없던 진실을 말했다. 하지만 그 말은 내 안에서 너무나 명확하게 울려 퍼졌다.

"엘리즈, 반대로 아빠가 **그 질문**에 대답하는 게 정말 중요하다고 생각하지 않아?"

침묵이 흘렀다.

"내 말은, 넌 항상 그걸 생각하고 있잖아, 네 방 벽에 아직 완성되지 않은 퍼즐을 걸어 놓고, 엄마가 준 마지막 선물에 계속 매달려 있고, 이 모든 게 결국은… 답을 원해서 그런 거잖아, 안 그래? 어쨌든 나라면 그 답을 원했을 거야."

"근데 오로치마루가 그러던데…"

"언제부터 우리가 시리즈에 나오는 악당 말을 들었어? 오로치마루는 이 얘기에 끼어들 자격이 없어! 그건 너와 네 아빠 사이의 문제야! 너희 아빠는 너에게 대답해 줘야 해. 너희 엄마는… 돌아가셨어도 변함없이 네 엄마잖아, 안 그래?"

나는 **한 번도** 그렇게 생각한 적이 없었고, **한 번도** 그런 말을 들어 본 적이 없었다.

스텔라의 말이 맞는다는 건 나도 알고 있었다. 하지만 그렇게

오랫동안 입을 다물었던 그 진실을 아빠에게 요구할 용기가 나
에게 있을까? 내가 아빠의 마음을 다치게 하지 않고, 아빠를 파
괴하지 않고 아빠의 마음 깊숙한 곳에서 그 진실을 끌어낼 수
있을까?

"스텔라, 내가 준비된 건지 모르겠어…."

"난 네가 준비된 것 같아, 친구."

스텔라는 호루라기를 살짝 불었다.

"넌 오백 조각 퍼즐 기록을 깼잖아. 이제 넌 뭐든 할 수 있어!
지금이 최후의 전투를 벌일 시간이고, 넌 맞설 준비가 되어 있
어. 네 차크라[9]도 완전 최대치로 열려 있어!"

마지막 그 말에 나는 미소를 지었다.

"스텔라…."

"응?"

"넌 어떻게 가끔씩 그렇게 똑똑하고 속 깊은 말을 해? 넌 정
말로 인간의 영혼에 대해 진짜 잘 아는 것 같아."

"아, 그건 다 우리 심리 상담사 선생님 덕분이야."

"정말?"

"응, 엄마는 항상 상담 시작 십 분 전에 나를 대기실에 두거

---

9) 135쪽 각주 8) 참조.

든, 내가 생각할 시간을 갖도록 말이야. 근데 나는 생각은커녕 상담실 문에 귀를 대고 있어. 선생님이 내 앞에 상담받는 사람에게 상담을 끝내며 하는 조언을 엿듣느라. 정말이지 지난 삼 년 동안 엄청 많이 배웠어!”

“아… 그런데… 어… 왜 상담을 받는 거야?”

스텔라는 내가 관심을 보이자 기뻐했다. 솔직히 말하면, 사실 우리가 알고 지낸 후로 지독할 정도로 모든 게 나를 중심으로 돌아갔고, 나는 내 코치의 삶에 관해 인색할 정도로 묻지 않았다. 미안, 미안 스텔라… 약속할게, 언젠가는 더 좋은 친구가 될게.

“글쎄, 아무래도 내가 아주 어릴 때부터 좀 독특한 또라이였나 봐….”

스텔라는 ‘또라이’라고 말하며 집게손가락을 머리 옆에 돌렸다. 그리고 조금 울컥한 듯 말을 이었다.

“엘리즈, 네가 보기에 내가 또라이 같아?”

그건 정말 진지한 질문이었다. 스텔라는 내가 진짜로 답하기를 기다렸고, 나는 친구에게 진실을 말해야 했다. 스텔라에게 상처를 주지 않기 위해 단어 하나하나를 신중히 골라야 했다.

“난 항상 네가 좀… 사차원이라고 느꼈어. 하지만 나는 멋지다고 생각해, 괴짜 같은 네 모습이.”

스텔라의 눈에 눈물이 그렁그렁 맺혔다. 그 애는 내 목을 와

락 안으며 "고마워, 고마워, 헤헤."라고 말했다.

나는 스텔라의 포옹을 그대로 받아 주었다. 아무 말 없이, 나에게 전해지는 따뜻함을 느끼면서.

내 괴짜 친구.

"우리《나루토》보면서 스트레스 푸는 거 어때?"

제안을 한 사람은 바로 나였다.

스텔라는 조금 놀랐다. 입술을 오므리고, 고민이 필요한 황후처럼 천천히 진지하게 숨을 쉬었다. 어쨌든 그 애는 내 코치였고, 우리는 놀려고 만난 게 아니었으니까.

나는 스텔라가 무슨 대답을 할지 이미 알고 있었다.

"오케이!"

신나고 즐거운 대답이었다. 딱 스텔라다운 '오케이'였다.

《나루토》한 편을 다 보고 집을 나서기 전 스텔라가 내 어깨에 두 손을 올렸다. 그 애는 미소를 짓고는 어깨를 살짝 누르며 나에게 힘을 실어 주었다. 나는 오로치마루에게 굴복해서는 안 되었다.

나는 아빠를 구하기 위해 그에게 맞서야 했다.

26
완벽한 대결

나는 2층으로 올라가는 계단 꼭대기에 쭈그려 앉아 있다.

살짝 숨어서 아빠가 저녁 식사를 준비하는 모습을 지켜보고 있다.

내가 말을 꺼내지 못한 지 벌써 나흘이 지났다. 아빠의 몸을 감싼 갑옷이 내 용기를 꺾은 지 나흘째인 것이다.

그 이야기를 꺼내려고 할 때마다 나는 아빠의 얼음벽에 부딪히고 말았다. 아빠가 아무 말도 들으려 하지 않을 것 같고, 그 어떤 답도 내놓지 않을 것만 같았다.

하지만 내가 진짜 부딪치는 건, 내 안의 두려움이다. 내가 그 진실을 감당할 수 있을까? 그 진실이 마음에 들까? 그 진실이 나를 영원히 망가뜨리지는 않을까?

다음 날 크리스마스이브 연휴 직전에 추가 훈련이 잡혀 있었다. 나는 스텔라에게 오로치마루를 물리치고, **그 대답**을 받아 올 거라고 약속했다.

나는 해야 한다. 바로 오늘이다. 오늘, 오늘, 오늘이다, 바로 지금이다!

나는 나무 계단을 내려간다. 아빠가 눈치채도록 일부러 한 계단씩 내려갈 때마다 삐걱대는 소리를 낸다. 바로 앞이다.

마지막 삐걱대는 소리에 아빠가 부엌에서 몸을 돌린다. 내가 심각한 표정으로 다가오는 모습을 보고 아빠는 때가 되었음을 안다. 아빠 안에 있는 그 존재도 그것을 감지하고, 아빠와 세상 사이에 얼음벽을 단단히 세워 나를 막으려 한다. 나는 우리 사이의 거리와 차가움을 무시하고 앞으로 나아간다. 나는 아빠에게 다가가 눈을 똑바로 보고 숨을 크게 들이쉰 다음, 4년 동안 답을 듣지 못했던 **그 질문**을 다시 던진다.

"아빠… 엄마는 어떻게 돌아가셨어?"

아빠의 몸이 움찔하더니 쌀을 씻던 수돗물을 잠갔다.

4년 전과 똑같은 방식으로 아빠는 다른 일에 집중하려고 애썼다. 속은 완전히 패닉 상태이고 감정이 들끓는다. 두려움, 분노, 슬픔의 감정들이, 아빠가 체 안에서 정신없이 주무르는 투명한 쌀알들과 함께 뒤섞인다. 아빠는 내가 이름조차 부르지 않으려는 그 채소로 가득한 그릇 쪽을 자꾸 힐끗힐끗 본다. 아빠는 못 들은 척하고, 내가 없는 척한다…. 결국 수돗물을 다시 틀고 흰쌀을 한 번 더 물에 씻는다.

4년 전, 아빠가 침묵을 강요했을 때, 나는 **그 질문**을 할 수 없었다. 하지만 이제 나는 성장했다. 스텔라라는 친구를 만났고, 내가 가장 좋아하는 드드농 선생님의 신비로운 말들을 곱씹었고, 일본에서 온 소노카 할머니와 함께 시간을 보냈다.

지금까지 나와 함께한 이들의 목소리에 힘입어 나는 다시 말했다.

"그날, 엄마가 돌아가셨다고 말했을 때… 아빠는 다시는 그 얘기를 꺼내지 말라고 했잖아. 그런데 난 그 뒤로 무슨 일이 있었는지 계속 생각했어…."

"엄마는 돌아가셨어. 돌아가셨다, 그게 무슨 뜻인지 몰라?"

아빠의 입을 빌려 오로치마루가 딱 잘라 말했다.

"그건 **죽었다**는 뜻이야."

이게 4년이 지난 지금 아빠가 말한 유일한 답이다.

금속 채반의 작은 구멍으로 물이 빠지는 것을 보면서 나는 아빠 앞에서 울고 싶어졌다. 억울하고 이해할 수 없어서 울고 싶다. 많이 아픈 아이처럼 울고 싶다. 세상이 끝난 뒤로 내가 견뎌

온 모든 고통을, 그 아픔을 울어 버리고 싶다. 바로 지금, 이 자리에서 울어 버리고 싶다. 오래전 아빠가 내 마음에 새겨 넣은 금기를 어기더라도 상관없다.

그래서 나는 운다.

나라고 소란을 피우지 말아야 할 이유는 없으니까. 나는 엉엉 울면서 도발적으로 말했다.

"양파 타르트를 만들고 싶어."

나는 서랍에서 작은 도마와 잘 드는 칼을 꺼내고, 양파 하나를 집는다. 아빠는 아무 말 없이 나를 지켜본다. 마침 잘 됐다, 내가 말하고 있으니까.

"양파 때문에 우는 거 아니야, 아빠, 알지? 내가 우는 건, 아무렇지 않은 척해도, 나에게 중요한 일이거든…."

양파를 잘게 써는 내 모습과 빠르게 움직이는 내 손이 보인다….

"내가 우는 건 엄마가 정말로 돌아가신 건지, 아니면 엄마한테 화가 나서 아빠가 거짓말을 지어낸 건지 매일매일 궁금해서야. 사람이 죽으면 보통은 장례식에 가고 시도 읽어 주고 그래야 하잖아, 특히 우리가 사랑한 사람이라면. 근데 우리는 엄마 장례식에 간 적도 없고, 실제로 장례식이 있었는지도 전혀 모르겠어."

내 앞의 양파는 조각이 아니라 으깬 죽 같다….

"그리고 사 년 내내 스스로 같은 질문을 하고 있어. 내 잘못인가? 엄마가 더는 나를 원하지 않아서 떠난 건데, 아빠는 엄마가 죽었다고 말한 건 아닐까? 내가 귀찮게 전화를 걸어 엄마가 중요한 콘서트를 망쳐서 스스로 목숨을 끊은 건 아닐까…."

눈물이 양파 죽과 섞이고, 눈이 따가워져서 나는 아무것도 보이지 않는다. 도마 위에는 더 이상 자를 만한 재료가 없는데도, 계속 칼을 휘두르다가 미끄러져서 엄지손가락을 베이고 만다. 붉은 핏줄기가 투명하고 하얀 양파에 섞여 더 극적인 장면이 된다….

"아파, 아빠, 알겠어? 아프다고, 아프다고…."

"반창고 가져올게, 기다려."

"아빠, 반창고는 필요 없어. **난 엄마가 왜 죽었는지 알고 싶다고!**"

마지막 문장은 거의 포효하듯 외쳤다.

너무 크게 소리쳐서 지구 반대편에서 쓰나미가 일 것 같았다.

아빠는 휘청인다. 아빠의 세상 전체가 듣고 싶지 않던 말 때문에 흔들린다.

아빠 안의 괴물은 여전히 버티며 통제권을 유지하려 하고, 더 세게 되받아치려 한다….

하지만 아빠는 눈앞에 펼쳐진 광경을 견딜 수가 없다.

아빠는 내가 콧물 범벅에, 손가락 끝에 피까지 묻은 모습을 견딜 수 없다.

아빠는 내가 드러낸 나의 고통과 슬픔을 견딜 수가 없다.

아빠는 내가 자기 때문에 괴로워하는 걸 견딜 수가 없다.

아빠가 마주한 건 오로치마루보다 더 강했다.

아빠의 마음 깊은 곳에서 나온 힘이 뱀의 갑옷에 커다란 구멍을 냈다.

아빠의 초능력은 나에 대한 사랑이다. 나는 항상 그것을 알고 있었다. 아빠는 다가와 으깬 양파와 칼이 올려진 도마를 밀어내고, 나를 끌어안는다. 아빠가 운다.

그다음 몇 분은 기억나지 않는다.

우리는 결국 부엌 싱크대에서 손을 씻었다.

아빠는 내 상처를 비누로 씻어내고, 반창고를 가지러 갔다.

아빠는 그릇 두 개에 익을 만큼 익은 밥을 담았다. 그리고 나에게 그릇을 들고 소파에 앉으라고 말하고는, 자신은 욕실에서 눈물을 닦고 오겠다고 말했다. 나는 아빠 말을 들었다.

몇 분 후 아빠가 내 옆에 앉았다. 아빠는 무릎 사이에 손을 포개고 눈을 감은 채 잠시 자기 안의 공허 속으로 빠졌다. 다시 정신이 들었을 때, 아빠는 엄마와 아빠 사이에 작은 길을 만들어 낼 수 있었다. 나에게 말하기 위한 길.

그날 밤 아빠는 엄마가 돌아가신 이유를 자세히 말해 주었다.

27
담벼락 위의
물뿌리개

아빠가 엄마에 대해 이야기해 준 뒤로 몇 주가 지났다.

상황은 조금 달라졌다.

물론 아빠는 갑옷에 구멍을 냈지만, 평생 갑옷과 함께할 것이다. 그리고 오로치마루의 저주인장 역시, 대답을 들은 뒤에도 조금 연해졌을 뿐 여전히 남아 있었다.

모든 게 좋아진 건 아니지만 그래도 나아졌다.

나는 마침내 아빠가 분노한 이유를 이해하게 되었고, 왜 4년 동안 오로치마루의 저주인장이 아빠의 귓가에 그런 말들을 속삭였는지도 알게 되었다. 덕분에 아빠의 증오와 슬픔, 사랑이 하나였다는 것을 알게 되었다. 그 감정들은 실타래처럼 서로 뒤엉

켜 있었다. 그래서 나도 엄마에게 화가 났느냐고? 전혀 아니다. 엄마는 내 엄마였고, 평범하지 않은 죽음을 맞이했다. 엄마답게. 그것은 사고였다. 억울해서 삶을 원망하기도 했지만, 엄마는 아니다. 내가 엄마를 원망하지 않아서 아빠는 안도했다.

새해가 되자 아빠가 엄마 이야기를 하기 시작했다.

내가 몰랐던 소소한 일화나 멀리서만 봤던 일들을 알려 주었다.

무엇보다도 아빠는 자신이 느낀 감정을 말로 표현했고, 놀랍게도 아무런 꾸밈도, 양파도 없이 엄마가 그립다고 말하면서 눈물을 흘렸다. 아빠는 여전히 엄마를 사랑하고, 영원히 사랑할 것이라고.

슬프면서도 다정한 순간이었다.

시들어 가는 우리 집 벚나무에 떨어지는 1월의 눈송이처럼 슬프고도 다정했다.

아빠가 큰일을 해내기까지는 조금 더 시간이 필요했다.

"작은 물뿌리개를 샀어."

그 큰일은 바로 물뿌리개였다.

거실 탁자 위에 있는 그 물건을 보고 너무 놀라서 나도 모르게 불쑥 물었다.

"아빠, 그거 어디다 쓰게?"

물론 나도 물부리개 용도는 안다. 그 순간의 내 마음도 이해해 줘야 한다. 아빠가 마음을 열고 엄마를 아끼는 모습은 나에게 처음이었으니까.

"잘 모르겠어, 그냥 색이 예뻐서 샀어. 벚나무 뒤 담벼락에 올려 두자."

그래서 우리는 거의 죽어 가는 벚나무 뒤로 가서 담벼락에 작은 물부리개를 올려놓았다. 그때 우리 모습은 마치『러키 루크』[10]에 나오는 달통 형제 같았다. 키 큰 사람이 앞에, 작은 사람이 뒤에. 물론 우리는 둘뿐이었지만, 물부리개를 담벼락 위에 놓은 뒤, 뭘 해야 할지 몰라 쳐다보는 모습은 그들만큼이나 우스꽝스러운 것 같았다.

아빠가 조심스럽게 말했다.

"춥다. 들어갈까?"

"응."

그리고 우리는 이상한 기분을 말로 설명하지 못한 채 집으로 걸어갔다. 집 안에 들어오자 소리가 들렸다. 바람이 불어 작은

---

10) 『러키 루크』는 프랑스-벨기에 만화이다. 달통 형제는 키 순서대로 줄을 서는 어리숙한 도둑 4형제인데, 이 장면은 아빠와 엘리즈가 그들처럼 우스꽝스럽게 서 있는 모습을 묘사한 것이다.

물부리개가 담벼락에서 떨어진 것이다. 다행히 우리 집 쪽으로.

아빠는 유리문을 열고 다시 밖으로 나갔다. 나도 아빠를 따라 갔다. 아빠는 물부리개를 주워 담벼락 위에 균형을 맞춰 올려놓았다. 나는 달통처럼 뒤에 멍하니 서서 아빠를 지켜보았다. 아빠는 돌아서서 집 쪽으로 세 걸음 걸었다. 나는 아빠를 따라가려 했지만, 그때 다시 바람이 불어 물부리개를 넘어뜨렸다. 어떡하지?

"물이라도 담아 무겁게 하면 떨어지지 않을 것 같아."

아빠가 제안했다.

"아, 그게 좋겠어."

아빠는 물부리개를 들고 부엌으로 가서 수돗물을 채운 뒤, 다시 밖으로 나와서 죽어 가는 벚나무 바로 뒤, 원래 자리에 물부리개를 올려놓았다. 나는 계속 따라다녔다. 이번에는 랑탕플랑처럼.[11]

그런 다음 우리는 바람과 추위를 피해 다시 집 안으로 들어갔다.

그날 오후 내내 아빠는 거실 유리문 앞을 열 번쯤 지나갔다.

뭔가가 아빠를 그쪽으로 끌어당겼다. 아빠는 죽어 가는 벚나무 뒤에 물부리개가 제대로 놓여 있는지 확인하지 않고는 견딜

______

11) 《러키 루크》에 등장하는 감옥 경비견으로 어리숙하다. 주인공보다 한참 느리고 엉뚱한 행동을 해서 웃음을 유발한다.

수 없는 듯했다.

저녁이 되기 직전 아빠가 허락을 구하는 듯 물었다.

"혹시… 물뿌리개로 엄마의 벚나무에 물을 줘야 하지 않을까? 물도 채웠는데…."

나는 세상에서 가장 순진하게 대답했다.

"응, 좋은 생각인 것 같아."

그러자 아빠가 텔레비전에 나온 영화처럼 자신과 아내를 갈라놓은 유리문을 열고, 차가운 1월의 바람을 맞으며 사고가 나기 몇 년 전에 엄마와 함께 심었던 일본산 나무로 달려가 물을 주었다. 아빠가 그 나무에 손을 댄 건 4년 만이었다.

그날 저녁, 아빠는 엄마와 화해했다.

집으로 들어온 아빠는 좋은 일을 한 사람처럼 평온한 얼굴이었다.

스텔라는 하나의 좋은 행동이 종종 또 다른 좋은 행동을 불러오며, 운명의 우주 에너지는 기쁨의 불을 피우는 데 단 하나의 불씨만 있어도 된다고 말했었다.

나는 그때까지 그 말을 전혀 이해하지 못했다.

'달통 형제' 일이 있고 얼마 지나지 않아 아빠가 거실에 놓인 컴퓨터 앞에서 나를 불렀을 때에야 나는 친구의 말이 무슨 의미인지 깨달았다.

"엘리즈?"

"응?"

"봄방학 때… 우리, 할머니 만나러 교토에 갈까?"

굳이 대답할 필요도 없이 당연한 것들이 있다. 나는 미소 지었다.

나의 미소에 아빠가 눈을 가늘게 뜨고 입꼬리를 부드럽게 올리며 화답했다.

나는 아빠가 비행기표를 예약하기 전에 두 가지 조건을 달았다.

"근데 4월 1일 이후여야 해…. 그날 퍼즐 챔피언십 청소년 부문 대회가 열리거든. 연습을 해야 하니까."

"당연하지, 대회 끝나면 가자."

"그리고 아빠, 저기…."

내 부탁이 큰 대가를 치르게 만들 거라는 건 예상했다. 당연히 돈도 들겠지만(엄마가 제법 많은 유산을 남겼다는 건 알고 있었으니까), 무엇보다 고요함의 질을 잃게 될 테니까….

"스텔라도 같이 가도 될까? 가장 친한 친구이고, 내가 엄마 일로 아빠한테 말을 잘 못 했을 때 스텔라가 많이 도와줬거든. 스텔라에게 비행기표를 선물로 줄 수 있으면 좋겠어…. 스텔라는 일본을 정말 좋아해! 그리고 소노카 할머니도 스텔라를 정말 마음에 들어했잖아, 기억나지?”

아빠는 조금 당황했다. 전혀 예상하지 못한 부탁이었으니까. 아빠가 내 부탁을 들어준다면, 자기가 잉어인 줄 아는 수다쟁이가 비행기를 타는 열네 시간 동안 아빠를 못 자게 만들 거라는 뜻이기도 하니까.

하지만 운명의 우주 에너지에 이끌린 아빠는 휴대전화를 들고 번호를 눌렀다. 그리고….

“여보세요, 나탈리아, 엘리즈 아빠입니다….”

아빠는 내가 듣지 못하도록 아빠 방으로 가서 통화를 했다. 대화는 이십 분이나 이어졌다.

나는 스텔라가 심리 상담사 선생님에게 몰래 쓰는 기술을 따라 해 보려고 방문에 귀를 댔지만, 내 귀가 막혔는지 아무 소리도 들리지 않았다.

문이 열리자 아빠가 스텔라의 부모님이 4월 6일부터 두 주일 동안 스텔라를 데려가는 걸 허락했다고 말했다. 아빠는 이미 우리 셋의 표를 예약했다. 스텔라는 아무것도 지불할 필요가 없었다.

28

청소년 부문 대회

퍼즐 챔피언십 청소년 부문 대회는 정말로 4월 1일에 열렸다. 이건 만우절 장난도 아니고 광대 물고기도 아니었다.[12]

지난 두 달 동안 나는 코치와 미친 듯이 연습했다.

스텔라는 하루에도 여러 번 연습하자고 우겼다. 게다가 일본 어로!

같이 일본에 간다는 걸 알게 된 후 스텔라는 항상 작은 사전 을 가지고 다니면서 예문을 큰 소리로 반복해 읽으며 외웠다.

3월 초에 스텔라는 결국 드드농 선생님에게도 말해 버렸다.

---

[12] 프랑스에서는 4월 1일 만우절을 'Poisson d'Avril'(4월의 물고기)이라고도 부른다. 이날 아이 들은 물고기를 그려서 다른 사람의 등에 몰래 붙이는 장난을 한다. 작가는 'poisson clown'(광 대 물고기)이라는 말을 써서 유희적으로 표현했다.

"그거 아세요, 선생님? 4월 1일에 엘리즈가 제가 후원하는 대규모 퍼즐 대회에 참가하고, 6일부터는 함께 교토에 가요. 가와이이이이이이! 어쩌면 거기에서 내 사랑 사스케를 만든 사람을 만날지도 몰라요! 하하하하!"

수업 끝이라 드드농 선생님이 아무 감흥 없이 지나칠 수도 있었다. 그 불쌍한 선생님은 다니엘라에게 차인 후로 여전히 바닥을 치고 있었으니까. 하지만 일본 이야기는 가라앉은 선생님의 마음에 잠시나마 숨결을 불어넣었다.

"네 사랑이… 일본에…."

선생님은 하늘을 향해 천천히 고개를 들어 올렸고, 갑자기 특유의 신비로운 생각이 떠오른 듯 보였다. 물론 선생님의 시야는 교실의 낮은 천장에 막혔고, 그녀의 유일한 별은 변덕스럽게 깜빡이며 지직거리는 형광등이었다. 형광등 주변엔 단물 빠진 껌들이 마치 별자리처럼 덕지덕지 붙어 있었다. 하지만 그것은 중요하지 않았다. 선생님은 그 지저분한 천장 돔을 바라보면서 믿음을 되찾았다.

"일본에서는 연인들이 사월 벚꽃 아래에서 약속을 하지…."

"어… 네."

나는 대답했다.

"그런 장면은 아름다운 유화나 표현력 좋고 대비가 강한 사진이 될 수도 있어…."

"음… 네, 선생님…."

"네가 만든 케이크는 완벽 그 이상이었어. 더 나은 미래에 대한 약속을 담고 있어. 네가 교토에 계신 할머니를 위해 만든 거잖아. 그때는 나한테 주어진 징조를 받아들일 힘이 없었는데… 오늘은 있는 것 같아…."

천장에 붙은 껌들이 선생님의 정신을 쏙 빼놓은 건지, 내가 가장 좋아하는 선생님이 완전히 정신이 나간 건지 모르겠다. 교장선생님께 빨리 천장 청소를 해 달라고 부탁해야 할 지도 모르겠다. 청소가 시급했다….

"얘들아! 고마워. 이만 가 볼게, 중요한 일이 있어서. 이건 도자기로 된 돼지 같고, 그걸 깨는 망치가 있고, 거기에 휘발유까지 한가득이야…."

선생님의 말은 도무지 앞뒤가 맞지 않았다. 하지만 선생님은 배터리가 완전히 충전된 듯 정복자처럼 씩씩하게 걸어 나갔고, 우리는 얼빠진 상태로 텅 빈 교실에 남게 되었다. 갑자기 형광등의 깜박거림도 멈추었다.

스텔라는 눈을 깜박이며 어리둥절한 표정으로 나를 보더니, 다음 수업 선생님이 결근한 것을 알고 이렇게 말했다.

"어… 자! 렌슈우 오 시 니 이키마쇼*!"

우리는 이 이상한 에피소드에 대해서는 더 이상 생각하지 않기로 하고, 휴대용 퍼즐 하나로 연습을 계속하기 위해 도서실로 갔다.

3월 31일이 생각보다 빨리 다가왔고, 잠들기 전까지 스트레스를 많이 받았다.

아빠는 나를 안심시키려고 내가 최고이며, 여덟 살 때부터 퍼즐을 했으니 필요 이상으로 훈련을 했고, 나에게는 굉장한 코치도 있으며, 그런 피를 물려받았다고 엄청 칭찬을 해 주었다.

"넌 손재주가 있어, 네 엄마처럼… 퍼즐과 피아노는 비슷하단다. 퍼즐은 조용한 음악일 뿐이야. 듣기엔 덜 분명하지만, 보기엔 더 쉬워. 결국 같은 거지."

그건 정말 아무 의미 없는 비교였다. 요즘 아빠는 자신이 시인인 줄 아는 것 같다… 하지만 아빠의 말이 내 마음을 조금은 편하게 해 주었다.

4월 1일 아침, 아빠는 내 배낭에 참치 마요 주먹밥 두 개와 초콜릿 빵 하나, 그리고 큰 물병을 넣어 주었다. 스텔라와 나탈리

---

* "자! 연습하러 가자!" 사실 우리 엄마도 이 말을 자주 했었다. 피아노에 관해 얘기할 때. 그런데 스텔라가 이 말을 하다니 놀랍다. 뭔가 계속 순환되는 것 같다…

아 아주머니가 나를 데리러 왔고, 우리 셋은 시합에 참여하기 위해 집에서 80킬로미터 떨어진 대도시로 가야 했다. 아빠는 사정이 있어서 갈 수 없었다. 이런저런 서류 확인과 점검을 마친 뒤, 우리는 출발할 시간이 되었다고 선포했다.

현관문 손잡이를 잡으려는 찰나 아빠가 우리를 불렀다.

"잠깐만!"

스텔라, 나탈리아 아주머니, 그리고 내가 마치 한 몸처럼 동시에 돌아서서 아직 슬리퍼에 잠옷 차림인 아빠를 보았다. 나탈리아 아주머니는 그 어느 때보다 아름다웠다. 립스틱을 바르고 빈티지 스타일의 청록색 원피스를 입고, 모자와 함께 원피스에 어울리는 가벼운 굽의 신발을 신었다. 스텔라는 드물게 머리를 잘 정돈했는데, 늘 헝클어져 있던 머리가 적절하게 부풀어 약간 고양이 같은 강인함을 풍겼다. 스텔라는 렌즈 없는 안경을 코에 걸치고 분홍색 운동복과 새 운동화를 신었다. (나는 운동복 안에 코치 유니폼을 입었다는 걸 알고 있었다). 나는 말 그대로 승부에 임하는 일본인의 전형처럼 보였다. 상대를 겁주려고 전형적인 이미지를 살짝 연출하기까지 했다. 곧게 뻗은 검은 머리는 단정하고 엄격한 인상의 단발로 정리했다. 부드러운 소매의 아이보리빛 셔츠에, 단정하면서도 우아한 검은 바지를 입었다. 신발은 로퍼를 신었다.

한마디로 우리 셋 앞에서 아빠는 좀 눈에 띄게 볼품없었다.

특히 잠옷 바지에 잼이 묻어서 더 그렇게 보였다.

"시간이 별로 없어, 아빠…."

"알고 있어, 그래도…."

아빠는 슬리퍼를 신고 조금 우스꽝스럽게 종종걸음으로 피아노 방으로 갔다. 아빠는 잠겨 있지 않은 피아노 방의 문을 활짝 열었다. 나는 아빠가 피아노 의자에 앉고, 건반을 덮은 나무 덮개를 들어 올리는 소리를 들었다. 그리고….

아빠가 연주를 시작했다.

피아노가 조율되어 있었다.

나탈리아 아주머니는 어떤 곡인지 알아차렸다.

"《엘리제를 위하여》, 맞죠? 베토벤 곡이잖아요!"

나는 눈물을 글썽이며 내 친구의 엄마에게 아무렇지 않게 말했다.

"아빠와 엄마는 처음 만났을 때 피아노 밑에서 사랑을 나눴대요!"

나탈리아 아주머니가 몹시 당황스러워하며 말을 더듬었다.

"아, 그렇구나. 아, 사랑을… 부모님이 사랑을 나눴다고?… 아, 아, 하늘에 황새가 날고 있네! 나… 나도 사랑을 나눈 적이 있지. 어… 이제 출발할 시간이야! 황새를 따라가자! 출발! 하하하…."

집 문턱을 넘으며 나는 기쁨과 감동에 겨워 아빠에게 "브라보!"를 외쳤다.

집을 나선 뒤에도 멜로디가 따라왔다. 피아노 소리가 참 좋았다.

그리고 아까 한 말을 취소해야겠다. 아빠는 전혀 볼품없지 않았다. 아빠는 그 모습 그대로 아주 멋졌다.

차가 출발하기 전 마지막으로 말을 덧붙인 건 스텔라였다.

"너희 아빠, 피아노 잘 치시더라. 나도 언젠가 피아노 밑에서 사랑을 나누고 싶어, 히히히히!"

나탈리아 아주머니가 헛기침을 했고, 차에서는 연기가 조금 나왔다. 우리는 출발했다.

대회가 열리는 장소는 전혀 낭만적이지 않았다.

경기장에 도착했을 때 환상이 산산이 깨졌다. 왜 그런지는 모르지만, 나는 수백 명의 열성적인 참가자들이 커다란 테이블에 줄지어 앉아 200조각 퍼즐을 맞추며 몸을 푸는 모습을 상상했었다. 심판이 우리의 주의를 끌려고 권총을 쏘고, 관중석에는 열광적인 응원단이 있을 줄 알았다. 팝콘과 추로스를 파는 상인들과 정신없이 바쁜 대회 운영진들도 있을 거라고 예상했었다. 대형 스크린에서 생방송으로 경기를 중계하고, 퍼즐 명가 라벤스부르거 회장과 프랑스 국무총리가 참석할 거라고 생각했다! 하지만 예상은 빗나갔다….

지역 예선 참가자는 네 명이었다.

대회 장소는 드드농 선생님의 미술실보다 더 작았다…. 심판은 단 한 명뿐이었는데, 그 사람이 대회의 주최자이기도 했다…. 나는 스텔라와 나탈리아 아줌마가 경기를 지켜볼 수 없다는 것을 알았다. 의자가 부족해 모두 다 앉을 수도 없었다.

주최자가 나탈리아 아주머니에게 말을 걸었다.

"길 건너편 작은 찻집에서 기다리시면 됩니다. 따님이 결승에 진출하면 쉬는 시간에 만날 수 있을 거예요."

"제 엄마가 아니에요."

나는 정중하게 바로잡았다.

"내 코치의 엄마세요."

심판은 스텔라를 의심스러운 눈빛으로 쳐다보았고, 스텔라는 등 뒤에 감추고 있던 마라카스를 꺼내면서 '맞아요, 저 맞아요. 얘 코치예요.'라고 말하듯 즉흥 공연을 시작했다. 나탈리아 아주머니가 담담하게 말하며 공연을 마무리시켰다.

"그럼 쉬는 시간에 보자, 엘리즈."

스텔라는 나에게 마지막 조언을 해 준 뒤 엄마와 함께 떠났다.

이제 작은 방에는 나와 다른 세 명의 참가자 그리고 심판 이렇게 다섯 명만 남았다.

심판은 대회 진행 방식에 대해 설명했다.

"첫 번째 상대는 제비뽑기로 정합니다. 두 명씩 테이블에 마주 앉습니다. 각자 똑같은 오백 조각 퍼즐을 맞춰야 하고, 먼저 끝낸 사람이 이깁니다. 각 테이블의 승자는 오늘 오후에 새로운 퍼즐로 맞붙습니다. 최종 우승자는 칠월 말에 열리는 전국대회에 출전할 자격을 얻게 됩니다."

설명이 명확하고 직설적이며 효과적이었는데 내가 좋아하는 스타일이었다. 배정된 테이블에 앉자 가슴이 설레었다. 어떻게 말해야 할지 모르겠지만, 뭔가… 승리욕에 불타올랐다! 정말로 최선을 다해 우승하고 싶었다. 예전에 들었던 '엘리즈를 대통령이 사는 엘리제 궁으로'라는 구호가 다시 머릿속에서 울려 퍼졌다. 나에게 이런 면이 있는지 나도 몰랐다.

첫 번째 상대는 연습이 충분하지 않은 열네 살 여자아이였다.

나는 쉬지 않고 퍼즐을 맞췄고, 그림이 거의 완성되어 갈 때까지도 속도를 늦추지 않았다. 코치가 가르쳐 준 것, 귀에 들리던 호루라기 소리, 새롭게 한 다짐이 떠올랐다. 102분 만에 **산토리니의 여름**을 완성했다.

내가 "끝났어요!"라고 외치자 심판이 확인하러 왔다. 내 퍼즐은 완성되었고, 상대방의 퍼즐은 그렇지 못했다.

엘리즈의 승리.

그보다 몇 분 전에 다른 테이블에서도 승자가 결정되었다. 제레미라는 내 또래의 남자아이였다.

실망한 두 명의 패자는 100조각 퍼즐을 위로의 선물로 받고 떠났다.

스텔라와 나탈리아 아주머니를 만나려고 막 나가려는데, 제레미가 나를 보며 살짝 미소를 지었다. 그가 왼손을 흔들며 "안녕."이라고 아이처럼 인사했는데, 갑자기 그 애의 코에서 콧물이 흘렀다. 제레미는 오른쪽 소매 안쪽에 코를 닦으며 "그럴 수도 있어…"라고 말하며 어쩔 수 없다는 듯 웃었다. 아기 같았다.

그 남자애는 민망할 정도로 몹시 이상했고, 조금 역겹기도 했다. 나는 그 미소에 아무런 반응도 하지 않은 채 지나쳤다. 그러고는 아주 도도하게 머리를 한껏 쓸어넘겼다. 유자 향 샴푸와 나의 무관심이 얼마나 강력한지 그 애가 느끼게 하고 싶었다.

"쉬는 시간은 한 시간이고, 결승전은 한 시 반에 시작됩니다."

심판이 말했다.

찻집에서 스텔라와 나탈리아 아주머니와 함께 주먹밥을 먹었다. 나는 지금까지는 꽤 쉬웠고 결승전도 별로 걱정하지 않는다고 말했다. 그 남자애, 제레미는 완전히 얼떨떨하고 약간 모자란 것 같았다.

스텔라는 흥분한 나를 진정시켰다.

"상대를 얕보지 마, 엘리즈. 준결승에서 이긴 건 그만큼 실력이 있다는 거야. 여기까지 오기 위해 엄청 노력했을 거야. 지금은 얕볼 수도 있지만, 결승전에서 너를 깜짝 놀라게 만들 수도 있어! 그 남자애 실력에 압도되어 넋을 잃고 심지어 그 애한테 반할지도 몰라! 모든 가능성에 대비해!"

스텔라는 자기가 얼마나 황당한 소리를 하는지 모르는 것 같았다. 내가? 반할지도 모른다고? 그런 일은 한 번도 없었고, 앞으로도 없을 것이다. 특히 오늘처럼 승리욕에 불타는 날에는 더 더욱. 아니, 그 무엇도 내가 그 남자애보다 먼저 퍼즐을 끝내는 걸 막을 수 없을 것이다!

1시 30분에 나는 다시 작은 방으로 돌아왔고, 제레미와 심판도 와 있었다. 우리가 마주 보게 자리에 앉자 심판이 맞춰야 할 퍼즐을 공개했다. **파리 산책**이라는 퍼즐이었다.

"규칙은 똑같아요. 준비됐나요?"

제레미와 나는 고개를 끄덕였다 .

"그럼… 준비하고… 시이이… 작!"

나는 상자에 달려들어 내용물을 쏟은 뒤, 단 1초도 낭비하지 않고 퍼즐 조각들을 분류하기 시작했다. '좋은 출발은 멋진 승리의 열쇠야.'라고 스텔라가 말했었다.

반면 제레미는 동작이 굼떴다. 그는 퍼즐 상자를 힘없이 들어보더니, 뚜껑의 그림을 바라보는데… 다정한 눈빛으로 쳐다보는 게 아닌가? 그 애는 상자 뒷면에 적힌 설명까지 여유롭게 읽었다. 심지어 읽다가 큰 소리로 트림도 했다.

"이런, 미안!"

그러고는 '그럴 수도 있지, 뭐'하는 듯한 순한 미소를 지었다. 정말이지 퍼즐을 빨리 끝내고 싶었다.

나는 시간을 낭비하지 않고 퍼즐의 가장자리부터 공략했다. 좋다, 진행이 빠르다.

제레미는 내 테이블 쪽을 슬쩍슬쩍 보면서 내 방식을 평가하는 것 같았다. 내가 퍼즐을 맞추는 것을 보면서 고개를 살짝 끄덕이기도 했다… 나는 그 애가 걱정될 정도였다. 지금까지 스무 조각도 못 맞췄는데, 도대체 아까는 어떻게 이겼을까?

몇 분이 지났다. 나는 퍼즐의 절반 이상을 완성했고, 그림을 완벽하게 기억하고 있었기에 뚜껑을 다시 볼 필요도 없다. 순조롭게 진행되었고, 좋은 속도로 나아가고 있었다. 그토록 바라던 승리를 거머쥘 것 같았다!

그런데 갑자기, 작은 소리들이 연속으로 들렸다. 그 소리는 신발 안에 들어 있는 작은 조약돌처럼 거슬렸다. 고개를 들어 제레미를 보니, 뭔가가 달라졌다… 제레미가 손가락을 우두둑 꺾고 있었다. 그 애의 분위기가 변했고, 주변으로 에너지가 끓어오르고 있었다. 마지막으로 한 번 더 우두둑… 제레미는 자세를 바로잡고, 심호흡을 하고는 나에게 윙크한 뒤 숨을 내쉬더니… 마침내 본격적으로 퍼즐을 맞추기 시작했다. 제레미는 길게 팔을 뻗어 퍼즐 조각을 하나씩 집어 얼굴 높이까지 우아하게 들어 올리더니 작고 경쾌하게 "착" 소리를 내며 어떤 어려움도 없이 직관적으로 이미 맞춰 놓은 스무 조각에 이어 퍼즐을 맞추었다. 빨랐다. 정말 빨랐다.

착.

퍼즐 조각들이 딱 맞아떨어졌다.

착.

제레미는 음악을 만들어내는 지휘자 같았다.

착착.

완벽하고 초현실적이고, 소리가 부드럽기까지 했다.

착. 착착.

아빠의 말이 맞았다! 이건 마치 피아노 같다! 그 애의 멜로디가 들린다!

착. 착착.

착착.

나는 그 애한테서 눈을 뗄 수가 없었다. 최면을 거는 듯한 광경이었다. 오페라 공연과 마술쇼 사이 어딘가의 장면처럼. 믿을 수가 없어… 나는… 오, 안 돼! 그 순간… 나는… 나는… 제레미가 멋져 보였다!!!

착. 착착.

착착.

나는 제레미가 템포를 한 번도 놓치지 않으면서 기름진 머리카락을 좌우로 흔드는 모습을 보았다. 그 앞에서 파리는 믿을 수 없을 만큼 빠르게 재구성되었고, 제레미는… 프랑스의 수도를 물 밖으로 끄집어내는 중이었다!

나도 정신을 차려야 해, 빨리, 나도….

"그만!"

심판이 타이머를 멈췄다. 99분. 끝났다.

제레미는 퍼즐을 끝냈지만 나는 끝내지 못했다. 나는… 졌다.

제레미가 퍼즐 대회 청소년 부문 지역 예선에서 우승했다…. 그러니까, 내 말은… 청소년 부문에서 말이다.

내가 위로의 선물을 받으려는 순간 제레미가 다가왔다.

"정말 멋지게 잘 싸웠어. 축하해. 퍼즐 챔피언십은 처음이지?"

"응."

"다른 대회도 참가할 생각 있어? 나는 아홉 살 때부터 모든 대회에 나갔거든.”

나는 남은 자존심과 결의를 잃지 않으려는 마음으로 눈썹을 치켜올리며 대답했다.

“다른 대회에 참가할 생각만 있는 게 아니야, 제레미. 전부 이길 생각이야. 하나도 빼놓지 않고 전부 다! 친구들이 나한테 ‘엘리즈를 대통령이 사는 엘리제 궁으로’라고 말해 준 적도 있다고!”

알 수 없는 이유로 내 뱃속에서 엄청나게 큰 꼬르륵 소리가 마지막 느낌표처럼 터져 나왔다. 그 소리는 당당하고 강한 의지를 지닌 아이의 이미지와 전혀 어울리지 않는, 엄청나게 민망한 꼬르륵 소리였다. 나는 민망함을 감추기 위해 날카롭고 어색한 웃음을 터뜨렸다.

완전히 미친 사람 같았다.

제레미는 내 웃음소리를 허공에 남긴 채 멀어졌다. 그 애는 출구를 나서기 전 나를 보며 또다시 ‘그럴 수도 있지.’라는 표정으로 미소를 지었다.

그럴 수도 있는 일이긴 하다.

29
바다 위의 진실

　파리와 교토를 오가는 직항은 이코노미석이어도 꽤 편안했다. 좌석 앞에 개인용 스크린이 있고, 전 세계 언어로 된 100여 편의 영화와 여행 경로를 보여 주는 세계 지도가 있다. 재미있긴 해도 열 시간 동안 꼼짝 못 하다 보니, 슬슬 지루해지기 시작했고 무엇보다 잠이 오지 않았다.

　옆에는 스텔라와 아빠가 평화롭게 자고 있었다.

　비행 초반 두 시간 동안 둘은 애니메이션과 만화에 관해 이야기했다. 아빠는 특히 베지터 덕분에 《드래곤볼》이 애니메이션 역사상 가장 장대한 시리즈라고 설득하려고 했지만, 스텔라는 특히 사스케 덕분에 《나루토》가 완성도와 서사, 감동적인 장면들이 많아서 훨씬 뛰어나다고 응수했다. 끝내 합의점을 찾지 못했지만, 둘 다 열정적으로 논쟁을 벌였다. 그 모습이 꽤 보기 좋았다.

어느 순간 피곤해진 아빠는 스텔라에게 눈을 붙여야겠다고 말했다. 스텔라는 그냥 아빠의 말을 무시했다. 한창 신이 난 스텔라는《나루토》가 대중문화에서 얼마나 막강한지 빠른 속도로 말하며, 비행기 안에서 주제가를 목청껏 부르더니, 등장인물들이 사용하는 공격 기술의 이름도 고래고래 외쳤다….

스텔라가 알아서 입을 닫지 않을 것임을 깨달은 아빠가 정중하게 부탁했다.

"미안한데, 스텔라, 나는 정말 자고 싶거든. 이 이야기는 나중에 하면 안 될까? 지금은 조금만 조용히 해 줄래?"

"물론이죠, 아저씨. 히히히! 어차피 설득해야 할 사람들은 많거든요!"

스텔라는 19열에서 32열 사이에 앉은 승객들을 한 명씩 인터뷰하며 제일 좋아하는 애니메이션이 무엇인지 물어보았다. 심지어 승무원들에게 조종석에 들어가 조종사와 부조종사에게 직접 질문해도 되는지 물어보았지만 거절당했다.

왔다 갔다 하느라 지친 스텔라는 조금 뒤 자리로 돌아왔고, 앉자마자 잠들더니 남은 비행 시간 내내 코를 골았다. 안도의 한숨을 내쉬는 승객들도 있었다.

그래서 나는 영화를 보고, 챙겨 온 휴대용 퍼즐을 맞췄다 분해하면서 남은 여덟 시간을 보냈다.

이제는 정말 지루해서 죽을 것 같다. 스크린에 표시된 비행 정보를 보니 착륙까지 아직 한 시간 반 정도 남아 있었다.

나는 창밖을 바라보았다. 어느새 밤이 빠르게 걷히고 해가 떠오르고 있었다. 벌써 새벽이었다. 우리는 바다 위를 지나고 있었다. 바다가 참 아름답고 광활했다. 엄마… 엄마는 비행기 타고 프랑스에서 여기로 몇 번이나 왔어? 비행기에서 영화는 몇 편이나 봤어? 비행기에서 나랑 아빠 생각은 얼마나 했어?

이런 질문에 빠져들며 부드러운 우울감에 잠겨 창밖의 짠 바닷물에 눈물을 더하려는 순간, 어떤 생각에 마음이 가라앉았다. 끝없이 이어지는 질문들, 내가 절대 풀 수 없을 그 모든 의문 속에서, 이제 적어도 한 가지는 안다. 엄마에게 무슨 일이 있었는지.

엄마, 아빠가 이야기해 줘서 엄마의 마지막 이야기를 알고 있어. 그 진실을.

진실은 이런 것이었어. 엄마가 돌아가시기 몇 주 전 아빠가 인터넷에서 기사를 보았대. 뉴스 피드에 무작위로 뜨는 것처럼 보이지만, 사실은 우리의 관심사와 성향을 겨냥한 그런 기사 중 하나였어.

그 의심스러운 기사는 일본 아키타 현에서 지진이 발생했다는 소식이었어. 그리고 강진이 22년마다 그 지역을 강타한다고 했지.

다음 지진은 엄마가 콘서트를 열 시점에 일어날 것이라고 했대. 기자는 지진이 많은 사상자를 낼 수 있으니, 일본 정부에게 주민들을 대피시킬 것을 권했어.

걱정이 된 아빠는 엄마에게 기사를 보여 줬어.

엄마는 웃었어. 엄마는 일본의 지진에 관해 옛날부터 알고 있으며, 학교에 다니는 동안 내내 재난 대피 훈련을 받았다고 했어. 또 지진 예측은 매우 논란이 많은 연구 주제이며, 그 기사를 쓴 사람은 사기꾼이라고 답했지….

아빠는 안심할 수 없었어.

기사 때문에 아빠는 불길한 예감이 들었고, 어디를 가든 쫓아다녀서 떨쳐낼 수 없었대. 며칠이 지나도 엄마가 아키타에 있는 동안 치명적인 강진이 일어날 것이라는 확신은 약해지지 않았다고 해.

그 뒤로 몇 주 동안 아빠는 엄마에게 공연을 하지 말라고 애원했어. 이번 한 번만 취소해 달라고, 딱 이번 한 번만. 아빠는 부탁하다가 오랫동안 마음속에 담아 둔 원망, 그러니까 엄마가 너무 자주 공연을 다니고 집을 비웠다며 탓하는 말을 서툴게 쏟아냈어. 딸에게는 엄마가 필요하고, 내 삶과 아빠의 삶에 엄마가 더 많이 함께해야 한다고… 위험을 줄여야 한다고 반복해서 말했어.

엄마는 온갖 방법으로 상황을 진정시키고 아빠를 안심시키려고 노력했지. 죽음이 두렵다고 해서 엄마의 삶을 막을 수는 없으며, 더 조심하겠다고 하면서 나중에 다시 이야기하자고 하고, 내년부터는 스케줄을 줄이겠다고… 하지만 이 공연만큼은 갈 거라고 말했어.

엄마가 일본으로 떠나는 날이 왔어. 아빠는 엄마에게 가지 말라고 온 힘을 다해 애원했고, 거의 무릎을 꿇고 간청하면서 현관에서 엄마에게 말했어.

"부탁해 스미레, 나를 사랑한다면, 우리를 사랑한다면 가지 마. 한 번도 이렇게 부탁한 적 없잖아. 나를 사랑한다면 떠나지 마. 나를 사랑한다면 오늘은 나를 선택해 줘."

엄마는 웃으며 종이가방에서 퍼즐 상자를 꺼냈어. 엄마가 돌아오기 전에 나에게 퍼즐을 전해 달라고 부탁했지.

"어제 샀어. 엘리즈와 같이 하면 마음이 진정될 거야."

엄마는 아빠의 부탁에 이렇게 대답하면서 윙크를 했어.

택시가 경적을 울렸고, 엄마는 입맞춤을 한 뒤, 불안해하는 아빠를 혼자 남겨 두고 떠났어.

그날 엄마는 아빠를 선택한 게 아니라 피아노를 선택했어.

결국 그 기사는 틀렸지만, 엄마도 틀렸어.

도호쿠 지역에 실제로 지진이 일어났어. 엄마가 거기 도착한 지 불과 사흘 만에. 하지만 재앙이라고 할 정도는 아니었어. 아키타를 흔들었지만, 중간 규모의 지진이었고 심각한 피해는 없었어.

하지만 별일 아닌 듯한 그 재앙은 두 명의 목숨을 앗아 갔어.

엄마랑 밤에 개와 산책하던 어떤 할아버지 한 분.

지진의 진동은 도시 전체에서 단 한 그루의 나무만을 쓰러뜨렸어.

그 나무는 공연을 마치고 바람을 쐬던 엄마와 그 할아버지를 덮쳤어. 개만 살아남았지.

이게 진실이야.

지진, 할아버지, 나무, 개. 사라져 버린 엄마.

아빠는 엄마의 시신이 거의 온전한 상태로 수습되었다고 말했어. 일본 텔레비전에서 추모 방송이 나왔고, 엄마는 교토에 있는 가족 묘지에 묻혔다고 했어. 아빠는 거기에 갈 수 없었대.

그날 밤 아빠가 진실을 말해 줬을 때, 마침내 모든 게 의미를 갖게 되었어. 내 마음의 퍼즐 조각들이 제자리를 찾기 시작했어.

벚나무 아래 무덤들, 아빠가 방치한 피아노, 금기시된 일본어와 일본을 떠오르게 하는 것들, 아빠의 증오와 사랑과 원망이 뒤섞인 마음을… 이해하게 되었어.

이제 알게 되었으니 드디어 엄마한테 말할 수 있어.
엄마, 보고 싶어.
거기서도 날 자랑스럽게 생각하고 있어?
내 미술 점수가 자랑스러워?
촌스럽고 엉뚱하지만 똑똑하고 눈에 띄는 가장 친한 친구도 자랑스러워?
결승전에서 손놀림이 민첩하고 가뿐한 제레미한테 졌어도 내가 자랑스러워?
그런데… 이상해, 왜 엄마한테 제레미 얘기를 하고 있지? 왜 갑자기 심장이 더 세게 뛰는 걸까? 오, 안 돼! 설마….
다행히도, 비행기가 흔들려 내 정신을 다시 붙들어 놓았다.
우리는 막 착륙했다.

30
교토:
우리는 광팬이다

교토에 도착한 뒤로 스텔라를 조금 질투했다는 걸 고백해야 할 것 같다.

할머니는 나보다 스텔라를 다시 만나 더 기뻐하는 것 같았다. 두 사람은 만나자마자 기쁨의 눈물을 흘리며 예전처럼 서로 허리를 굽혀 인사 대결을 시작했다. 결국 스텔라는 할머니 집 앞마당의 자갈 위에 엎드려 손을 내밀며 "별것 아니지만 제가 피땀 흘려 구해 온 이 소박한 프랑스산 초콜릿 상자를 부디 받아주세요."라고 간청했다. 심지어 집 안에 들어가서도 스텔라와 할머니는 거의 15분 동안이나 우리는 안중에도 없었다. 내가 할머니 집에 온 것도 5~6년 만인데, 내가 우리 가족 안에서 엑스트라가 될 줄은 몰랐다…. 친구를 초대한 걸 좀 후회했다.

아니다. 질투심에 좀 과장해서 말한 거다. 사실은 당연히 기쁘다. 할머니가 일본인이라서가 아니라 스텔라가 진심으로 할머니를 좋아한다는 것을 잘 알고 있다. 그리고… 같은 언어를 쓰지 않는 두 수다쟁이가 서로를 이해하는 척 애쓰는 모습은 아름답다.

할머니는 교토 북쪽 카미가와 강가에 산다. 우리는 매일 탐험을 마치고 돌아와, 벚꽃이 지는 풍경과 야생 동물들, 강가에서 책에 푹 빠져 있는 학생들을 감상한다.

우리는 라면과 교자를 배가 터질 정도로 먹는다. 식사 시간은 스텔라에게 즉석 일본어 수업이나 다름없다. 할머니는 항상 인내하고, 절대 지치지 않고 반복해서 가르쳐 주는 훌륭한 선생님이다. 아빠는 행복해 보인다. 내가 예상한 것보다 아빠는 이번 여행이 덜 고통스러운 듯하다. 물론 추억이 깃든 장소를 지나칠 때마다 아빠의 눈이 멍해지거나 목이 메는 모습을 보이기도 하지만, 내가 감당하지 못할 정도는 아니다.

아빠는 자기 내면의 이야기를 우리와 나누고, 마음속 깊은 상처를 치유하고 있다.

여행 첫 주 수요일에 아빠가 간사이에서 열리는 가장 큰 코스프레* 행사에 데려가 주겠다고 했다. 아빠가 그날 일정을 알려

주자 스텔라는 비명을 지르며 기쁨에 겨워 죽는 척까지 했다.

우리는 한 시간 정도 지하철을 타고 행사가 열리는 대형 복합 단지 앞에 줄을 섰다.

우리 주위로 기다리는 사람들 대부분이 완벽한 코스프레 차림이었다. 스텔라는 천식은 없지만, 사스케로 변장한 사람을 볼 때마다 매번 벤토린 흡입기를 입에 넣는 척했다.

할머니는 줄 서 있는 동안 좀 불편해했다. 할머니는 우리가 이런 것에 열광하는 이유를 완전히 이해하지 못한다. 나이 드신 분들에게는 짧은 반바지를 입고 피범벅이 된 간호사들, 노란 눈을 가진 돌연변이 도마뱀들, 세인트세이야 12궁의 기사단, 사이보그 검객들을 눈앞에서 마주하는 게 당황스러울 수밖에 없으니…. 그래도 할머니는 피카추로 변장한 꼬마의 아빠가 사진을 찍을 수 있도록 아이를 안아 주었다. 왜 마법에 걸린 허수아비로 코스프레를 한 아빠가 피카추로 변장한 아들을 우리 중 제일 나이 많은 사람의 품에 안기게 해서 사진 찍기 원했는지 아무도 이해할 수 없었지만…. 그게 오타쿠*들만의 특이한 문화일 거라고 짐작했다.

---

* 코스프레는 가상의 인물에 최대한 몰입해 그 역할을 연기하는 것이다. 이를 위해 열성적인 팬들은 자기가 좋아하는 캐릭터를 완벽하게 재현하기 위해 의상, 가발, 메이크업, 태도까지 정성과 시간을 많이 쏟는다. 엄마가 대학생 때 코스프레를 한 적이 있었던 것 같은데… 아빠한테 물어봐야겠다.

드디어 행사가 열리는 중심 구역에 들어서자, 그곳은 그야말로 광기 그 자체였다. 코스프레를 한 수백, 수천 명의 사람들이 모여서 볼륨을 최대로 튼 애니메이션 주제가에 맞춰 춤을 추고, 유명한 캐릭터 얼굴이 그려진 케이크를 먹고, 전용 매장에서 코스프레 정품을 사려고 정신없이 몰려들었다.

이 열광적인 개미 떼 한가운데서 몇 분간 둘러보던 중,《나루토》시즌 3의 오프닝 곡이 행사장을 가득 채웠다. 그거면 충분하다. 스텔라는 즉시 넋이 나가 불꽃에 이끌린 나방 혹은 신선한 살이 고픈 좀비처럼 우리를 떠나 가장 가까운 스피커를 향해 달려갔다. 스텔라는 이토록 환상적인 소리가 나오는 스피커에 귀를 대고 싶었던 것 같다. 사람들이 밀려들어 어느새 스텔라의 모습이 보이지 않았고, 그때 할머니가 말했다.

"스피커가 어디에 있는지 알 것 같다. 내가 데려올 테니 여기서 기다려."

할머니는 단 하나의 목적을 갖고 수많은 상상 속 생명체들 사이로 사라졌다. 정신이 나간 내 친구를 구하러.

---

* 오타쿠는 일본 문화를 광적으로 좋아하는 사람을 가리키는 다소 부정적인 말이다. 하지만 본래 의미는 그리 부정적이지 않다. 존경과 경칭을 뜻하는 접두사 '오'와 '집'이나 '가정'을 의미하는 '타쿠'로 이루어진 단어이기 때문이다. 일본 대중문화에 대한 열풍이 세계적으로 확산되기 전까지 '오타쿠'는 집 안에서 하는 활동을 좋아하는 사람을 뜻했다. 집에서 피아노 치는 것을 좋아한 엄마는 고상한 의미의 오타쿠였던 셈이다.

아빠와 나는 가상 인물들과 광적인 분위기에 휩싸여 그 자리에 가만히 서 있었다.

그때 갑자기 음악이 바뀌고 이제는 《드래곤볼》의 첫 번째 오프닝 곡이 울려 퍼졌다.

그 즉시 과거의 장면들이 머릿속에 떠올랐다. 나는 아빠가 들을 수 있도록 큰 소리로 말했다.

"내가 어릴 때 엄마가 이 노래 가르쳐 줬던 거 기억나?"

"그래… 당연하지, 내 생일 때마다 네가 이 노래를 부르도록 가르쳐 줬잖아…. 아직 가사 기억하니?"

잘 모르겠지만, 시도해 보았다… 나는 음악에 맞춰 조심스럽게 노래를 부르기 시작했다… 엄마가 내 안에 무언가를 새겨 놓은 게 틀림없다. 가사들이 조금씩 떠올랐다.

잠시 후 나는 내가 잊지 않았다는 것을 잊고 있었음을 깨달았다.

아빠는 내가 노래하는 모습을 보며 미묘한 감정에 휩싸인 듯했다. 슬픔이라기보다는 오히려 예전 젊은 날의 무언가가 다시금 아빠 안으로 스며든 것 같았다. 아빠가 예고도 없이 후렴 부분부터 나와 함께 노래를 부르기 시작했고, 우리는 간사이의 코스프레 인파도, 오타쿠들도 모두 잊고, 목청껏 《드래곤볼》 주제가를 불렀다. 엄마가 자랑스러워했을 것이다.

노래가 끝난 후 조커로 변장한 여성과 거대한 타이탄, 포켓몬 몇 마리가 우리에게 박수를 보냈다.

말하지 않아도 알 수 있는 침묵이 우리를 감쌌다. 그 노래는 엄마의 존재를 느끼게 해 주었다…. 아빠가 먼저 입을 열었다.

"엘리즈, 이번 주말에… 같이 갈래…?"

멀리서 사람들이 소리를 질러서 아빠의 마지막 말을 못 들었다. 하지만 나는 아빠가 나와 어디에 가고 싶은지 이미 알고 있었다.

"당연히 가고 싶어. 아빠, 내가 엄마한테 주려고 가져온 게 있는데, 기억하지?"

"그래, 나도…."

우리의 대화는 할머니와 스텔라가 돌아오는 바람에 끊겼다. 아니, 정확하게 말하면 할머니와 사스케가 돌아왔다.

"여러분 보세요! 사스케 의상을 선물 받았어요! 나 사스케로 코스프레 했어요!"

스텔라는 때때로 자신이 얼마나 우스꽝스러운지 전혀 깨닫지 못한다. 그 애는 형편없는 가발을 쓰고, 어깨에는 파란 천을 걸쳤다. 진정 코스프레에 인생을 바치는 사람들에게는 거의 모욕에 가까운 모습이다. 하지만 적어도 스텔라는 진정으로 행복해 보였는데, 그게 스텔라의 매력이기도 하다.

우리는 인파에 갇히지 않기 위해 행사가 끝나기 전에 집에 돌아가기로 했다. 오후를 보내면서 우리는 지쳤다. 그 모든 소음과 몰려드는 인파와 각종 캐릭터 상품들을 보면서….

할머니 집으로 돌아온 뒤, 최대한 일찍 잠자리에 들기 위해 빨리 식사를 마쳤다. 나는 이렇게나 피로가 몰려올지 전혀 예상하지 못했다.

스텔라와 나는 할머니와 같은 방에서 잔다. 아빠는 별도의 작은 방에 머문다.

큰 다다미[13]에 함께 누워, 스텔라는 나에게 오늘 하루에 대해 고마움을 표했다. 나는 무료로 퍼즐 훈련을 시켜 준 것에 대한 보답이라고 말했다. 스텔라는 눈을 찡그리며 사스케의 가발을 꼭 끌어안았다. 그때 할머니가 방에 들어와서 불을 끄겠다고 말한 뒤, 먼저 "내일 보자, 수테라."라고 말한 다음, 내 위로 몸을 숙여 이마에 살짝 뽀뽀하며 "잘 자라, 우리 아기."라고 다정하게 속삭였다. 그리고 자기 침대로 갔다.

나는 친구 쪽으로 고개를 돌렸다. 내 친구의 눈에 아주 작은 쓸쓸함이 스며든 걸 알아챘다. 스텔라에게 여행은 천국과 같지만, 그래도 가족과 멀리 떨어져 있는 천국이다. 그래서 나는 내

---

13) '다다미'는 방에 까는 일본식 돗자리를 말한다.

마음을 오염시켰던 질투의 찌꺼기들을 먼지처럼 떨어내며 할머니에게 말했다.

"할머니, 스텔라 이마에도 뽀뽀해 주면 좋아할 것 같아요."

그러자 할머니는 다시 침대에서 일어나 스텔라의 이마에 뽀뽀했다.

31
호랑이와 여배우

금요일에 우리는 교토 시내 끝자락에 있는 마루야마 공원에 가기로 했다.

중심가에는 온갖 종류의 대형 상점들이 즐비한데, 서로 다른 양식의 건물들과 교토시립극장이 우리의 눈을 사로잡았다.

교토시립극장은 외관이 금색과 빨간색인 건물로, 우리가 있는 큰길에서 조금 벗어난 곳에 있었다. 직선으로 이어지다가 끝이 위로 휘어진 지붕이 일본 건축의 전통적인 특징이면서 동시에 대형 스크린이 벽에 붙어 있어서 그냥 지나칠 수가 없었다. 그런 이유로 어쩔 수 없이 전통적인 느낌이 약간 깨졌다. 스크린에는 오늘 저녁 공연을 홍보하는 영상이 계속 나오고 있었다. 영상에는 한 일본 여배우가 손을 이마에 대고 고개를 뒤로 젖히며 매우 과하게 비극적인 자세를 취하고 있었다. 악마의 마스크를 쓴 엑스트라들이 여배우를 바로 공격할 것처럼 둘러쌌다. 여배우는 그 역할에 매우 진지하게 몰입해 있는 듯했다. 비록 예고편일 뿐이지만, 그녀의 태도에서 대단한 분위기가 느껴졌는데… 왕년의 대스타 느낌이 났다. 마침 스텔라와 내가 같은 생각을 했다.

"드드농 선생님 같아!"

스텔라가 이어서 말했다.

"사실, 이 주일 전에 네가 아팠을 때, 혼자서 좀 심심했어. 그래서 시간을 때우려고 교무실 문에 귀를 대고 내 청력을 테스트해 봤어…"

"설마… 진짜로?"

"진짜야. 그날, 드드농 선생님이 프랑스어 선생님에게 데이트 앱으로 알게 된 일본 여자랑 자주 대화를 나눈다고 말하는 걸 들었어! 지난번에 선생님이 우리한테 돼지랑 망치 이야기했을 때, 선생님이 일본에 오고 싶어서 그런 건가 생각했는데, 혹시 선생님이…"

"아, 엘리즈, 스텔라. 딱 맞춰 왔네!"

'호랑이도 제 말 하면 온다.'[14]라는 말은 세계 어디서나 통하나 보다. 마치 순간이동이라도 한 듯 우리 여행의 한가운데에

에메랄드빛 녹색 유카타*를 입고 코끝에 선글라스를 간신히 걸친 드드농 선생님이 나타났다! 바로 여기, 일본의 한복판에서!

"선생님, 정말 선생님 맞죠?"

미술 선생님은 나와 달리 별로 놀라지 않았고, 마치 프랑스의 외진 시골 교실에서 만난 것처럼 우리에게 말을 걸었다.

"아니면 누구겠어? 달라이 라마? 마침 다음 학기에 어떤 과제를 낼까 주제를 생각하고 있었어. 아, 그건 그렇고, 두 블록 아래 모퉁이에 있는 작은 카페 가 봤어? 거기 말차 라떼가 진짜 맛있어. '긴 여행 끝에 삶으로 돌아오는 장면을 만들어 보자.'라는 주제가 어떨까 생각 중이었지. 심오하지 않니? 어떻게 생각해?"

믿기지 않는다. 이게 정말 현실일까? 나는 정신을 차리려고 잠시 고개를 돌렸다. 그때 대형 스크린에 여배우가 악마에게 세게 따귀를 날리는 모습이 나왔는데, 손목이 부러질 정도로 강력해 보였다. 그 여배우가….

"아! 후미! 코코 니 이마스(나 여기 있어)!!"*

---

14) '호랑이도 제 말 하면 온다.'라는 우리 속담이 프랑스에서는 '늑대도 제 말 하면 온다'로 쓰인다. 이 대목과 31장 장제목도 모두 '늑대'로 표현되었으나, 우리 문화에 맞게 '호랑이'로 번역했다.

* 유카타는 남성과 여성 모두 입을 수 있는 얇은 기모노의 일종이다. 흔히 생각하는 것과 달리 유카타는 특별한 날에만 입는 것이 아니다. 우리 엄마는 유카타를 잠옷으로 입곤 했다.

미술 선생님이 손을 흔들며 외쳤다.

극장의 회전문을 열고 영상 속 여배우가 나왔다. 그녀는 하늘하늘한 천으로 만든 긴 보라색 원피스를 우아하게 휘날리며 달려와서 미술 선생님 품에 안겼다. 언제나 그렇듯 드드농 선생님과 있으면 영화 속에 있는 것 같다. 지나가던 사람들이 그 모습을 찍고 있었다.

그 배우가 우리에게 공손히 인사하자 선생님이 소개했다.

"코레와, 후미 산, 와타시노 아타라시이 가루후렌도 데스(여기는 나의 새 여자친구 후미입니다)."*

나는 꿈을 꾸는 건가 싶어 슬그머니 나를 꼬집어 보았다. 진짜 현실이었다. 미술 선생님이 한물간 일본 여배우와 사귀다니! 세상에, 사실 이건 좋은 소식일지도 모른다… 마침내 선생님이 다니엘라를 잊게 해 줄 누군가를 찾은 거니까. 게다가 진짜 **예술가**이다.

후미는 정말 예쁘고, 눈빛에 뭐라 말로 설명하기 어려운 무언가가 담겨 있어 선생님의 별난 기행과도 잘 어울릴 것 같은 느

---

* 선생님이 일본어를 하다니! 뭐, 매우 기초적인 일본어이긴 하다. 원어민이라면 이렇게 말하지 않았겠지만, 그래도 문법은 맞다!

* 이제 알겠다. 선생님은 여행 책자에 나온 정형화된 문장을 그대로 말하고 있다. 문법은 정확했지만 세상에나, 선생님의 발음은 정말 프랑스식이었다! 이 나라 사람 중에 선생님의 말을 알아들을 수 있는 사람은 거의 없을 것이다!

낌이 들었다. 그리고 그녀는 오른쪽 손목에 붕대를 감고 있었다. 내 생각이 맞았다.

몇 마디 형식적인 인사를 주고받은 뒤 우리는 자리를 뜨기로 했다.

"저희는 이만 가 볼게요, 안녕히 계세요, 선생님."

"안녕히 계세요, 선생님. 선생님을 여기서 만나서 반가웠어요. 기모노가 정말로 예뻐요. 마타네 후미상!"

"고마워 스텔라, 다음 주에 보자. 둘 다 즐거운 여행하렴!"

헤어지고 난 뒤 아빠는 드드농 선생님이 추천해 준 카페에 들러서 정리할 시간을 갖자고 말했다.

말차 라떼를 마시며 깨달았다. 내 안 어딘가 깊은 곳에서 선생님이 이 나라에 있다는 사실을 은근히 반가워한다는 걸. 굳이 말하자면, 이번 여행에서 빠진 마지막 퍼즐 조각 같았달까….

아빠가 계산서를 달라고 말했다. 웨이트리스가 계산서를 들고 미소를 지으며 큰 보폭으로 카페 전체를 가로질러 다가왔다. 그녀의 움직임을 보며 나는 순간적으로 다음 미술 과제 제목에 관해 잠시 생각해 보았다. 나는 입술을 깨물며 하늘을 올려다보았다. 정말이지, 미술 선생님은 내 머릿속을 뒤흔드는 데 타고난 재주가 있다니까.

32
대나무 숲 지나
무덤에

토요일. 우리는 새벽 6시가 되기 전에 할머니 집을 나선다. 교토에는 이제 막 해가 떠오르고 있다. 아빠와 나는 각자 자전거를 타고 엄마의 묘지로 출발한다. 자전거마다 바구니가 하나씩 달려 있고, 그 안에 엄마를 위한 선물이 하나씩 담겨 있다.

하나는 아빠가 준비한 선물.

하나는 내가 준비한 선물.

30분이 걸려 니시가모 비샤몬야마에 도착한다. 가는 길에 오르막길이 연달아 나와서 꽤 힘들었다. 도착하기 위해 열심히 페달을 밟았다.

니시가모 비샤몬야마는 교토 북서쪽에 위치한 공동묘지로 일

반인에게 개방된 자연림 안에 있다. 엄마의 묘지에 가려면 거대한 대나무들이 양면에 늘어선 긴 돌길을 지나야 한다. 대나무의 초록빛이 아름답다. 특히 사방 어딘가에 숨어 졸졸 흐르는 물소리가 어우러져 더욱 아름답게 느껴진다.

아빠와 나는 아무 말도 하지 않는다. 아빠는 할머니가 종이에 그려 준 작은 지도에 집중한다. 지도에 엄마의 무덤은 하트 모양으로 표시되어 있다.

우리는 대나무 길보다 훨씬 더 아래, 성역 바깥쪽에 자전거를 세웠다. 각자 엄마에게 줄 선물이 손에 있다.

날씨는 조금 쌀쌀하고 아직 습기가 남아 있지만, 그래도 주변 공기는 따뜻하다. 따뜻하고 부드럽다.

여기저기에서 우리처럼 사랑하는 이의 묘를 찾는 현지인들과 마주친다….

"아빠, 저 사람들도 우리처럼 멀리서 왔을까? 여기에 오려고 우리만큼 열심히 페달을 밟았을까?"

중의적인 질문이었다. 나는 일부러 그렇게 물었다.

아빠가 나를 보더니 내 볼을 쓰다듬는다.

"여기 오려고 열네 시간씩 비행기를 타지는 않았을 거야. 그건 확실해…."

아빠는 작은 직사각형 도시락통을 꼭 움켜쥔다.

“그런데 저 사람들이 어떤 시련을 겪었는지는 알 수 없지… 누가 알겠어? 어쩌면 저 사람들이 우리의 여정보다 더 길었을지도 모르지. 어쨌든 내 여정보다는….”

“우리의 여정, 아빠.”

“응, 그렇긴 한데….”

아빠가 말을 멈춘다. 아빠는 왼쪽에 있는 대나무를 뚫어지게 보면서 나에게 말한다.

“고마워, 엘리즈. 여기까지 올 수 있게 도와줘서 고마워. 내가 했어야 했는데….”

아빠가 또다시 말을 멈춘다.

“엘리즈, 이런 일을 겪게 해서 미안해. 엄마를 기리고, 너한테 엄마 이야기를 해 주고, 일본어도 계속 말하게 하고, 네가 뭘 좋아하는지 관심을 가졌어야 했는데, 그러기는커녕 나는 그동안 뭘 한 거냐? 정원에 구멍이나 파고 슬픔을 감추려고 양파나 썰었지. 네가 엄마 생각을 하지 못하게 막기만 했어. 미안해.”

나도 아빠와 같은 방향으로 커다란 대나무를 뚫어지게 바라본다. 주변 사람들은 왜 우리가 왼쪽을 보면서 대화하는지 의아해한다.

“그래도 피아노를 손봤잖아, 스텔라 비행기표도 사 줬잖아. 그걸로 다 만회했어.”

아빠가 뺨을 닦는다. 이따가 마주할 일을 감당하려면 눈물을 아껴야 하니까. 아빠가 몸을 돌려 반짝이는 눈으로 나를 보면서, 자기 이마를 내 이마에 살며시 갖다댄다. 그런 다음 우리는 대나무길을 지나 묘지로 향한다. 그곳에 있는 수많은 무덤 가운데 우리에게 중요한 단 하나의 무덤을 찾기 위해.

할머니가 그려 준 하트 덕분에 마침내 도착한다. 엄마에게.

우리는 선뜻 앞으로 나서지 못한다. 아빠도 나도. 아빠랑 나는 엄마를 상징하는 묘비에서 몇 미터쯤 떨어져 나란히 선다. 아빠의 얼굴이 경직되어 있다. 오로치마루의 그림자가 근처에 있는 것 같다. 여기서 그의 분노가 다시 깨어나면 어쩌지?

아빠는 악마의 속삭임을 머릿속에서 떨쳐내려는 듯 고개를 젓는다. 아빠가 내 손을 놓고, 가져온 도시락통을 묘비 아래에 내려놓는다. 아빠가 엄마 앞에 선다.

"귤 철이 아니어서, 내가… 내가… 키위 샐러드를 만들었어…."

아빠는 마지막 말을 내뱉으면서 슬픔을 터뜨린다. 엄마의 묘비를 꽉 끌어안고, 사랑과 미안함, 외로움의 말들로 그 위를 적시며 운다. 수십 개의 눈물방울이 엄마의 비석을 타고 흘러내려 주변의 풀들을 촉촉히 적신다. 나는 아빠를 꼭 안으며 힘을 나눠 주고 싶지만, 그렇게 하지 않는다. 지금은 엄마와 아빠의 시간이니까. 나는 그저 뒤에 서 있다.

풍경이 연한 노란빛으로 물든다. 아직 태양은 우리가 있는 대나무 뒤 언덕 꼭대기에 이르지 못했지만, 서서히 떠오르고 있다.

슬픔의 폭발은 오래가지 않는다. 아마도 몇 분 정도일 것이다. 울음을 멈춘 아빠가 마음을 추스르고 나를 향해 돌아선다.

"엘리즈랑 같이 왔어. 당신은… 당신은 엘리즈를 무척 자랑스러워해야 해. 나는 그렇거든."

이제 내가 다가갈 차례라는 것을 안다.

나는 조심스럽게 다가가, 아까부터 마음속에서도 꼭 안고 있던 상자를 연다. 아빠 옆으로 조심스럽게 가서, 상자에 담긴 것을 꺼내 묘비 앞에 놓는다. 이제 내가 말해야 하는 거지? 이렇게 추모하는 거지, 그렇지?

나는 망설이며 입을 연다.

"나… 엄마가 선물해 준 퍼즐 다 끝냈어. 그 퍼즐이… 지난 4년 동안 내 곁에 있어 줬어. 고마워."

그다음에는 아무 말도 떠오르지 않는다. 말들이 목에 걸려 있는 듯하다. 텅 빈 공간에 말을 건네는 게 무척 힘들다… 엄마가 진짜로 여기에 있다면 얼마나 좋을까.

내 침묵에 답이라도 하듯, 부드러운 바람에 분홍빛 꽃잎들이 불어와 내 앞에서 흩날린다. 바람이 멎자 꽃잎이 땅 위에 떠 있는 듯 공중에 머문다. 저 멀리에서 매미가 울기 시작한다. 이 소리, 참 아름답다….

해가 떠올라 우리의 얼굴을 비춘다.

나는 숨을 들이쉰다.

"**오하이오 고자이마스, 마마**(좋은 아침이에요, 엄마)."

감사의 말

일본 교토에 다섯 달간 머무르며 몰두해서『영원한 안녕은 없어』를 쓸 수 있는 행운을 누렸습니다.

그래서 감사해야 할 분들의 명단이 프랑스와 일본의 거리만큼 깁니다.

우선, 교토에 체류할 수 있게 해 주신 간사이 프랑스문화원 줄리엣 슈발리에와 라쓰메이칸 대학의 요시다 쿄코에게 무한한 감사를 드립니다. 제가 일본 땅에 발을 디딜 수 있도록 엄청난 노력을 쏟아 주셔서 감사합니다! 당시 코로나19 바이러스로 인한 팬데믹이어서 일본 국경이 완전히 봉쇄되었는데, 놀랍게도 이 두 여성은 아주 빠르게 제가 특수 비자를 받을 수 있도록 해 주었습니다. 이들이 없었다면 이 소설은 태어나지 못했을 것입니다.

쉐어하우스 분들에게도 감사드립니다. 교토의 가미가와 강둑에 있는 큰 집에서 스물두 명이 함께 살았기 때문에 일일이 다 언급할 수는 없습니다. 하지만 그중에서도 일본에서 하후(haf)[15] 정체성과 이중문화와 언어와의 관계에 대해 아낌없이 이야기해 준 에마와 토니에게 특별히 감사의 마음을 전합니다.

그리고 초고에서 정화 의식이 실제와 다르다는 사실을 알려 주어 나를 발밑부터 흔들어 놓은 토모에게도 특별한 '아리가토(감사)'를 전합니다. 충격과 공포! 내 이야기 전체가 프랑스에서 정화를 고집하는 소노카 할머니 설정에 기반해 있었으니까요….

제가 일본에 다시 가고 싶게 만들고 이 모험의 비밀스러운 동력이 되어 준 온천 친구 요헤이에게도 고마움을 전합니다.

프랑스와 일본에서의 경험과 죽음에 대한 생각을 나누며 인터뷰를 해 준 미리암 다르투아와 그녀의 아들 노에에게 특히 감사드립니다. 노에, 네가 말해 준 어떤 일화도 이 책에 실리지 않았지만, 맹세코 너와 함께한 그 시간은 나에게 꼭 필요했어!

프랑스로 넘어와서, 출간 전 나의 원고를 읽어 준 친구들에게 감사를 전하고 싶습니다.

---

15) 일본에서는 보통 일본인과 다른 국적 부모 사이에서 태어난 사람을 하후(haf)라고 하며, 영어 'half'에서 유래했다. '완전한 일본인'이 아니라는 인식을 불러일으킬 수도 있어서 최근에는 '더블'(double) 등의 표현을 쓰기도 한다.

이조르, 원고에 대해 타협하지 않고, 의문을 제기하고, '아폴론적' 시각으로 바라봐 줘서 고마워. 실비 대모님, 저의 현실 세계와 문학 세계에 빛과 색, 반짝임과 기쁨을 선사해 주셔서 감사합니다.

장고, 내 동생, 너에게 쓰는 지금 눈물이 난다. 늘 내 글을 읽어 주고 나를 사랑해 줘서 고마워, 우리의 이 유대감에 감사해.

나의 '요코 오노' 뤼실, 처음부터 날 믿어 줘서 고마워. 일본 숙소에 누워서 "난 절대 할 수 없어, 더는 쓰고 싶지 않아…"라고 말하면서 울고 있던 나를 구조라도 하듯 전화해 주어서 고마워. 내가 포기하려고 던진 수건을 너는 낚아채서 내 뺨을 부드럽게 닦아 줬어. 내 눈물과 땀을 닦아 줘서 고마워.

쥘리, 각 챕터를 분석한 45분짜리 음성 메시지들 고마워. 나의 '예민한 독자'가 되어 줘서 고마워. 철자법 고쳐 준 것도 고맙지만, 무엇보다도 긴 시간 동안의 우정에 고마워.

리시아, 이 소설을 100퍼센트 확신한 첫 번째 독자가 되어 줘서 고마워. 그게 얼마나 큰 힘이 되었는지, 책을 출간할 수 있다고 믿을 수 있게 만들었는지 너는 모를 거야. 어떤 시련에도 흔들리지 않는 우정에 고마워.

알메노, 매일 함께해 주고, 힘이 되어 줘서 고마워. 네 모국어가 아닌 언어로 쓰인 원고를 읽어 줘서 고마워. 내 글에 대한 너의 끝없는 믿음과 가차 없는 조언도 모두 고마워. "이 부분은 시시한 페이스북 글 같아, 안토니오. 다시 써야 할 것 같아." 이렇게 말해 줘서 좋았어.

희곡 전문 출판사 테아트랄의 대표이자 내 인생 첫 '요정'이자 첫 번째 편집자인 피에르 바노스가 나의 미숙한 습작에 관심이 없었다면, 소설을 쓸 용기를 절대 낼 수 없었을 거예요. 피에르, 정말 많은 걸 빚졌어요. 고마워요. 이 기회에 여러분께 현대 청소년 희곡이 품고 있는 힘을 꼭 한번 들여다보라고 권하고 싶어요. 정말 끝내주거든요!

나를 너무도 태연하게 스타처럼 떠받드는 부모님께 감사드립니다. 어릴 때부터 "넌 해리 포터 다음 편을 쓰지 그러니? 아니면 피자 가게를 열던가?"라고 말하던 아버지에게도 감사드립니다. 지금 나는 해리 포터도, 네 가지 치즈 피자와도 멀리 떨어진 삶을 살고 있지만, 분명 그 말들이 나에게 밑거름이 되었어요.

마지막으로 이 책을 끝까지 읽어 준 여러분 모두에게 감사드립니다.

마타네!

안토니오 카르모나

영원한
안녕은
없어

초판 1쇄 발행 2025년 9월 24일

지은이 안토니오 카르모나

옮긴이 이슬아

펴낸이 윤석헌

편집 김민경

디자인 이아진

제작처 357 제작소

펴낸곳 레모

출판등록 2017년 7월 19일 제 2017-000151 호

주소 서울시 서초구 서초대로 33길 99, 201호

전자우편 editions.lesmots@gmail.com

인스타그램 @ed_lesmots

ISBN 979-11-91861-43-3 (43860)

옮긴이 **이슬아**

연세대학교 불어불문학과와 한국외국어대학교 통번역대학원 한불과를 졸업했다. 한불 통번역사로 활동하며, 프랑스어 콘텐츠 전문 '멜리멜로프랑세(@melimelo_ francais)'를 운영 중이다.『두더지와 들쥐』시리즈,『아빠! 아빠! 아빠!』,『롤라의 바다』,『나무와 새』,『우리 셋』,『햄스터 실종 사건』,『거울로 드나드는 여자』,『아빠가 엄마를 죽였어』등 여러 프랑스 책을 우리말로 옮겼으며,『그래서 당신은 어떻게 생각나요?』,『세상이 온통 회색으로 보인다면 코끼리를 움직여봐』를 공역했다. 현재 국내 유일 프랑스 서점 '책방 리브레리(@chaekbang_librairie)'를 운영하며, 프랑스어와 독서를 잇는 다양한 활동을 이어가고 있다.